踏上诗路去朝圣

敏子——著

四川文艺出版社

图书在版编目（CIP）数据

踏上诗路去朝圣/敏子著．—成都：四川文艺出版社，2020.1（2022.1 重印）
ISBN 978-7-5411-5572-7

Ⅰ．①踏… Ⅱ．①敏… Ⅲ．①诗集—中国—当代 Ⅳ．①I227

中国版本图书馆 CIP 数据核字（2019）第 263145 号

TASHANG SHILU QU CHAOSHENG

踏上诗路去朝圣

敏 子 著

出 品 人 张庆宁
责任编辑 陈雪媛
封面设计 赵海月
内文设计 史小燕
责任校对 段 敏

出版发行 四川文艺出版社（成都市槐树街 2 号）
网　　址 www.scwys.com
电　　话 028-86259287（发行部） 028-86259303（编辑部）
传　　真 028-86259306

邮购地址 成都市槐树街 2 号四川文艺出版社邮购部 610031
排　　版 四川胜翔数码印务设计有限公司
印　　刷 永清县晔盛亚胶印有限公司
成品尺寸 142 mm×210 mm 开 本 32 开
印　　张 6 字 数 120 千
版　　次 2020 年 1 月第一版 印 次 2022 年 1 月第二次印刷
书　　号 ISBN 978-7-5411-5572-7
定　　价 39.00 元

天空像爱一样明亮

——序敏子《踏上诗路去朝圣》

蓝　幽

晚秋时节，敏子寄来这部诗稿，其时中国读者正对2019年诺贝尔文学奖投以极大热情，因为候选者中有几位中国作家。文学冷寂有日，这突然冒出的现象至少表明，人们对文学仍然有所期待，只不过视野已投向全球，赏鉴的品位已大为提升了。

对于文学中人，这类信息如嚼橄榄，百味莫辨。

这也成为我读敏子诗稿的一种微妙的背景。在为佳句激赏、为瑕疵皱眉的同时，我总是在想：中国新诗的哪一路作品在默化着她的风格？她又读过哪些外国诗人的作品？没有答案。这些伴随着阅读的思绪最多是在暗示我用比较苛刻的眼光品读敏子的作品而已。通读一遍之后，终于发现我的心理预期是有偏差的，和大部分中青年诗人一样，敏子的诗歌写作迄今并未刻意去塑造某种风格，除第四辑中写“5·12”大地震的近乎纪实的作品外，差不多都是沉淀之后的“忆昔”之作，因此色彩斑斓，难定一尊。而且她很坦诚，一些日记式的作品也原样选入，不过这样反让我们更完整地看到一位诗人的成长，知道她是从稚拙中走过来的。

2008 年 5 月 11 日，大地震前夜，她写有一首《茉莉花》，结尾三行是：“用最简单的生命形式/拒绝着世间的繁杂与华丽，矫情和肤浅/成为春天的灵魂，开在人们的心之深处。”这是一种朴实中的宁静，优雅而高贵。而一天之后，八级大地震在午后降临，她于 5 月 14 日把从广播中听到的五位为保护学生而殉难的教师事迹，一气呵成写下了《定格那样一种倒下的姿势》，她这样结尾：“这样一种倒下的姿势啊/再巨大再无情的灾难，也摧毁不了它/这样一种倒下的姿势啊/足以战胜任何自然的伟力/为生命支撑起壮美的空间。”这已经是高亢激越的赞歌。两首诗，于三天之内写就，感情有着天壤般的突跳。后一首不再有女性诗歌的细腻含蓄，直如瀑布般倾吐出她的礼赞。我们可以想象，每一行中蕴涵着感天动地的瞬间，其实她并未在场，而她用诗追溯，用最直接的语言去定格那些瞬间。“歌诗合为事而作”，她知道，任何修饰都是苍白的，甚至是对英灵的亵渎。

《踏上诗路去朝圣》这部诗集中的大部分作品都是她心

灵之旅的回放。人们常说，在没有疵点的镜片中，物象都是清朗的。敏子眼中的世界，美好多于丑陋。她对故乡的眷念如回旋曲般萦绕于整部诗集，她好像永远也走不出生命的原点，她把对故乡的感恩和挚爱附着到一草一木、一梦一景中，再扩展到异乡一切能勾起她回忆的际遇中。《这个秋天，我想念一个苹果》："终于在黄土高原灿烂的阳光里/眺望到了你颜色鲜亮的容颜/嗅着你迷人的果香/感受着秋风拂面的快乐/沉醉在我们相见恨晚的甘甜里/我的那些未喊出的诗句，被你一一击中。"成熟的苹果是一个浮想的意象。这突然冒出的一个苹果，聚合的是诗人充盈于胸中的愉悦，想念中就闻到果香，看到鲜亮的容颜，秋风吹来十分惬意，甚至有了味觉——"相见恨晚的甘甜"，而这一切正酝酿着一些诗句，是被臆想中的苹果"击中"的。这种诗意的营造，饱含了早年的记忆，乃基于她自己的美好情愫。

在另一首《晨风中的喇叭花》里，我们窥见了那美好情愫的本原："春天就像天堂的投影/整个天空像爱一样明亮/整个大地像酒一样醇香/晨风中的喇叭花其实和我们人类一样。"当一朵再寻常不过的喇叭花也被赋予人类的丰富情感时，它其实在感应着美的情愫。春天——天堂——天空——爱，这是只有诗歌才能抒写的情感逻辑。

第三辑《深情恋歌》是敏子的情诗集萃。一如其人的坦诚，她毫不掩饰自己的情感经历，有些诗作像极了闺蜜之间的窃窃私语，或是公开的情书。有一首诗的标题直接就是《亲爱的，我等你》，最后一节是："亲爱的，我等你，等着你完成使命/那时，我会像小鸟一样展翅飞翔/去赴你我许下的千年约定/亲爱的，我等你/我会站在春天的路口一直等你……"还有一首《我是你的歌》："听到那首歌/不朽的忧郁便如同深深浅浅的箭矢/扎进我伤痕累累的心脏/殷红的血滴如雪中的梅花/摇曳凄美的色泽……期盼自己是鬼或者逆贼/可以在你的梦中自由行走/可以在你的灵魂深处持刀尖叫/直到将你抓住。"

只有深挚的爱情才可能产生这些奇异的联想和比喻。诗是生命的咏唱，爱是人类最伟大的情感，二者使人类具有了进取向上的生命意涵。当敏子写出"整个天空像爱一样明亮"的时候，相信她在那一瞬间是处于透明而又充实的状态。爱被诗化，沉浸其中，应是个体生命的极致了。这一行就是敏子诗集《踏上诗路去朝圣》的主旋律，沿此我们进入整部诗集的抒情氛围，很容易就记住这些句子："零星的花朵，就像失传的民谣/遗落在了昨天的空中"（《母亲是棵老槐树》）；"好雨从梦里下到梦外/醒来我总闻见栀子花香"（《我的家园》）；"频繁的秋风一如母亲牵挂的电话/一次掠过/就会深入骨髓让人隐隐作痛"（《秋天深处》）……

不知她自己是否意识到，她还有一些很富哲理的诗篇。

《老农·庄稼》差不多就是一组格言："老农在庄稼的瞳孔里悠然穿行/庄稼在老农的血汗里迅速生长"，"沿着老农的皱纹靠近庄稼/五谷合奏的声音朴素而生动"，"目光与庄稼对视/蹉跎与无为让我羞愧"，"在老农的皱纹之间爬行，在老农的怀里歌吟/手握月光，我纯净如水/不染纤尘"。在《想念村庄》中，她写道："许多年后，我才知道/从村庄里唯一能带走的诚实和勤奋/为我的命运铺满了九月的阳光。"这些诗行中，浓烈的感恩的情感凝练成哲思，有如一粒粒晶莹的珍珠。

掩卷，忽然忆起二十多年前初识敏子时，广汉的文友介绍说她是一位文博工作者，供职于著名的三星堆博物馆。关于文学创作，则是"以散文见长"，"散文诗也很好"。此后很少见到她，但从报纸杂志上不时读到她的诗作，心想也许只是偶然为之，此次出诗集，她也仅选了七十多首。我猜想，多文体写作的她对于出诗集是严肃而慎重的。诗集中有几首近于散文诗的作品，类似于惠特曼式的长诗，从中我们可以隐约看到她的散文韵致。事实上，在我读到的她不多的散文和散文诗中，感到她始终在追求诗意的呈现，这或许是她近期诗作渐多的一个合乎逻辑的趋向。

我总是爱怂恿写小说的朋友读点中外诗歌，希望他们浸润些诗思而使人物或者场景更为灵动。读完敏子的诗集，我想向她说：读点历史、小说和思想随笔吧，比如《史记》；

比如《红楼梦》；又比如《战争与和平》《约翰·克利斯朵夫》……我们需要更多厚重和透彻。

真的，共勉吧！

（本文作者为著名诗人、作家）

目录

第一辑　青色印迹

第二辑　故土家园

第三辑　深情恋歌

第四辑　心底流泉

第五辑　诗意芬芳

第一辑　青色印迹

在青涩的季节里

跌跌撞撞

落下点点青色

幸运的是青色在夏天开出了花

在秋天结出了果

梦回往昔

谁也不知道　夕阳
是怎样亲吻黄昏的
我静静地坐在窗口
看那铺满细沙的河岸上
一双野性的脚丫
奔跑
追逐一只放飞的风筝
上面托着一个美丽的传说

谁也不知道　星星
是怎样标出夜的题目的
我静静地坐在窗口
看那银色的河滩上
年轻的母亲给天真的孩子
讲述一个藏在小河中的古老故事
就这样　我静坐

任凭心扉悄悄地张开

读着

属于我的故事

享受

儿时那份红扑扑的幸福

直到笑得泪水迸溅

1992 年 6 月 8 日

我不知道

我不知道

哪一天你的心情是否

会浮现出一些旧日的梦影

那条我们同行的路　弯弯曲曲

曲曲弯弯

如我最美好的季节里

紫丁香的梦幻

我不知道

哪一天你是否

会在某个陌生的地方想起我

窗前那串你留的风铃　叮叮当当

当当叮叮

如我在夜阑人静的梦中

对你喃喃的梦呓

我不知道

我的那个夏季里的匆匆背影　是否

曾让你的梦境变得美丽　是否

曾让你因此拥有了一方平静湛蓝的时空

可我知道

岁月纵可带走一切

却无法带走我心头的那段记忆

我不知道

在我孤寂的日子里

轻轻飘到我窗前的那片红透的枫叶　是否

是你托几缕风儿捎来的

可我知道

红红的茎脉中凝入的是寒冬里浓浓的思念

我不知道

风儿是怎样地追随白云

白云又怎样与蓝天私语　细细的

可我知道

飘雪的时候

我只将一片雪花珍藏心底

却只为一个相逢的冬天

1992年7月9日

三岁的儿子

儿子的欢愉表现在形式

花草间散失的蝴蝶和蜜蜂

碗边依旧能够找到

鸡就是鸡，羊就是羊

绝对不是别的什么东西

我们无法把自己的想法强加给他

在他的眼里

没有一样永久的东西

精致的花瓶、名贵的字画和眼镜

常在他的手间破碎

我们所谓的财富、名利

不能使他的一颗童心得到满足

他永远都在用自己的方式寻找尚未得到的东西

并以特有的乖巧、聪慧与灵性

一点点建立起自己的信心

当我们以成人的身份

对他进行赞美时

他若有所思的老练神情

向我们证实了另一个世界

外力不能简单粗暴地摧毁

2003年12月29日

走进碧峰峡

汽车长鸣着撕开群山的孤寂
鲜红的海棠像调皮的阳光照亮绵绵的雅雨
和神秘的传说

雅安古城的北面，一个令人向往的地方
碧峰峡谷像成熟的雅女舒展着逼人的“雅”气
远道而来的男人们开始做起光怪陆离的梦
不想离去
二十一世纪成熟的少女们开始收藏起不祥的婚纱
忧伤无比

营养丰富的雅雨濡湿了早晨
也打湿了栈道幽长的石阶
一跤滑下去，是女娲住过的地方
一个女娲时代的山鬼叫了我一声
我的灵魂应声飞起仿佛在梦中飘游

红灯笼客栈的灯笼笑出声来

飞出些千古的寂静和秘密

在这天和地的边缘我寻找女娲

求她把我砸烂，用青铜重塑我

2006年9月10日

樱　桃

和风一起抵达　这春天
三月对岸　小小风铃轻轻丁鸣
比胭脂还要准时的红
将谁唇上的笑颜点燃
加深三月的口红

摘樱桃的小姑娘
手挎竹篮　身背书包
她要赶在云雀的前头
摘下这串串眨着眼睛的酸甜
被樱桃羞红的心事灿烂如火
燃烧起三月的祈祷

她把手伸得高高的
悄悄摘下太阳的宝石
在桃花努出的嫩唇里铺一张床

伶俐的单词从晶莹的露珠开始

流淌香气的季节里

打开了春天的课本　打开了妈妈的心扉

朗朗的诵读　在春天小小的柔情里

清纯如歌　纯甜似酒

生动了三月每一个比樱桃还酸还甜的细节

像春姑娘小小的心脏被雨陶醉

摘樱桃的小姑娘　身穿彩裙　目光羞怯

读痛了三月的全部内涵

2007 年 9 月 2 日

茉莉花

娇小洁白，如星星，缀满快乐的枝头

香气流转，芳菲怡然，栖息幸福的叶片

陶醉的情绪，感染着春天和春天里的人们

一身的淡雅和素静，守望着黑夜的微笑

一曲民歌飞来，飞舞的花瓣，就开始在梦的星空舞蹈

静默的夜晚，我听到生命绽放的声音

一朵一朵的茉莉花，清白脱俗

用最简单的生命形式

拒绝着世间的繁杂与华丽，矫情和肤浅

成为春天的灵魂，开在人们的心之深处

2008 年 5 月 11 日

一剪梅

深冬的雪，惊醒了你的梦
无所谓忽略，无所谓欣赏，你点燃寒冬的苍茫
日暮黄昏，你清幽绝俗
雪雨纷飞，你孑然一身
开放在驿亭外，断桥边
寂寥荒寒，你绝不争宠邀媚
冷峻之中，你蓓蕾张合，独自花开花谢
缕缕芬芳，为伊驻留，为伊飘香……

2009 年 12 月 30 日

午后的鸭子河

阳光很纯，大地很静

一条鱼，从远古的对岸游来，游进了它梦里的水乡

午后的鸭子河，隐藏着时间和古蜀先辈的遗训

闪闪烁烁的阳光下，一群白色的鹭鸟落在了河滩和牛背上

金色的花开始次第绽放

我看见，那只最高傲的鱼鹰，展翅在鸭子河的上空

一双隼目，如电闪过

穿透了我们心中和梦中那些最隐秘的欲望

2011 年 2 月 17 日

油菜花

欣赏春天，就该从川西平原的第一朵油菜花开始
春天的阳光有多灿烂，油菜花就有多灿烂
一朵比一朵开得热烈，一朵比一朵开得火辣
一朵比一朵开得浪漫，一朵比一朵开得芬芳
铺天盖地地绽放着、奔跑着、摇曳着、张扬着
汇成了一大片一大片比黄金还富有的金黄
密得满眼就这么一种颜色，任谁也无法阻挡
那撼动心灵的金黄是三星堆的青铜特有的颜色
只有这种颜色，才配与富饶的天府和圣名的三星堆融合
深入其中，让人总是想起爱情、花期、黄金和女人
川西平原的油菜花啊，一到春天
你就会将我们的眼睛涂抹上一层层惊心动魄的亮釉
把从冬眠中醒来的人们灼烧得体无完肤

2011 年 3 月 10 日

读不懂你，海棠

春天承载了太多的思念和等待
从她蹒跚的步履中我分明窥到了
一些忧伤的期盼

高高的枝头你烈火般绽放着
不知是在释放积蓄一冬的热量
还是只为等待一份崇高而又炽烈的爱恋

轻柔而又多情的风原本想在蝴蝶飞来之前
第一个读懂你深藏的悲伤
却不想卑微的你断然拒绝了所有的缠绵
像落跑的新娘着一身艳妆与尘埃失散
殷红片片　斑斑点点　泪雨缤纷……

把透骨的冰凉和凄冷留给春去温暖
把无尽的落寞和惆怅交给泥土去厚葬

把热烈的渴盼和希冀许给等待恋爱的人们

2012年2月2日

走近迎春花

走近迎春花
我触摸到了空气的硬度
那些小小的金色花朵
在清瘦的枝头上
傲然绽放

一朵迎春花一段往事
千万朵迎春花千万段往事
低吟浅唱中
追忆是她们唯一的歌声
等待是她们不变的主题
跳跃的金黄
以水的形式
渗透草和树的心脏

眼睛渴望着嘴唇

按捺不住的思念摇醒了姹紫嫣红的愿望

金灿灿的笑声挂满期盼

暗夜里一些不知名的花开始喧嚣

流浪的叶子激情上涌

直抵枝头

空气中开始弥漫春的气息和芬芳

我身旁的摇篮里

一个初生的婴儿

站了起来

而我，则将自己

融进了迎春花的心之深处

甘心让我隐秘而颤抖的幸福

被她深藏

2012 年 2 月 5 日

红　豆

红豆，浩渺诗行里精彩的标点
让我读得似懂非懂
很多年来，一直以为你就像圆润的玛瑙
不然，怎么能盛下那些沉重的相思？
然而，在西双版纳傣家女的手中得到你
才发现你原来很小很轻，宛如一滴血色的泪珠

红豆，文人墨客凝缩的缠绵情思
每一粒都让人怦然心动
每一颗都有一个动人的故事
平淡自然的红包容了全部的赤橙黄绿青蓝紫
美丽着人们的每一次相逢、相识和别离
让友情、爱情山高水长

红豆，很多次捧起你
我都想敲碎你绝美的外壳，看看你谜一样的核心

最终，我还是决定放弃

因为我害怕自己会把你成形的思念捣碎成拾不起的柔情

还是保留你自然的本色，完整的圆润

让它去涵盖生命的美丽，去诠释思念的感动吧

2013 年 3 月 8 日

这个秋天，鸭子河畔的格桑花开了

这个秋天，寻你千百度

原来你开放在了三星堆鸭子河畔灿烂的秋阳中

鲜活的血脉彻夜流淌

缤纷少年的笑颜，钩住我梦的触须

为我送来云天之外的吉祥与幸福

让每一个简单的日子从此都缀满了盛开的花朵

让每一个路口都有了不期的相遇

这个秋天，格桑花开了

鸭子河畔的格桑花开了

开成了三星堆又一道迷人的风景

艳得无与伦比，美得惊心动魄

我们美在其中，为你把盏

为你惊鸿弄影

为你在夕阳的逆光中久久吟唱

徐徐风中，梵音飘过的天空

转经筒的祈祷余音未了

飞翔的鹰惊醒了

鸭子河底那颗长眠已久的清雅的琴心

这个秋天，格桑花开了

鸭子河畔的格桑花开了

开成少女不变的情怀

在拉姆拉错的旨意里

祈祷转世轮回的缘分

如果你不嫌弃

就让我做你花朵上的一枚露珠吧

我想美在其中，轻润你给我的宿题

点亮你净如青芜的呼吸

晶莹候在千山万水之外的我们的前世今生

这个秋天，格桑花开了

鸭子河畔的格桑花开了

开成执着坚定的信仰

双手合十，静坐于你五彩的花蕊

我嗅到阳光的味道

竟然忘记了北归的行程

半醒半睡之中

我叫着你的名字

复制着你的芳香

洗净尘世繁华

在婷婷的花朵和智慧的叶子之间

我的灵魂开始在秋天的阳光里舞蹈

这个秋天，格桑花开了

鸭子河畔的格桑花开了

开在蓝天白云下

开在牛羊成群的欢喜中

开在鹭飞鱼翔的秋景里

开在望穿秋水数尽千帆的来路上……

信手撕一块蓝天放牧的云朵

我把它做成哈达

祈祷一次前世的缘分今生来

却不知格桑花丛中

你我的缘分早踏着一地落红，冉冉走来

憔悴了秋天所有的阳光

不读，也仰目惊心

2014 年 10 月 20 日

晨风中的喇叭花

晨风中的喇叭花像天堂的圣婴
它们仰着粉嘟嘟的脑袋，哈哈笑着
整个季节都让你看到天使在成熟

晨风中的喇叭花像天堂的圣婴
它们哼呀着，沐浴着透明的露珠
清亮的歌声唤来亲爱的蜜蜂和蝴蝶
春天就像天堂的投影
整个天空像爱一样明亮
整个大地像酒一样醇香
晨风中喇叭花其实和我们人类一样

2015 年 7 月 20 日

外婆走了，她留下的老屋空空落落

外婆走的时候，是深冬的腊月
忙着过年的一村子的乡下人，全都陷入悲痛
就在昨天，外婆还晒着太阳在藤椅上，用颤抖的话语
一个个梳理儿孙们的过去和未来的生活
好多的事其实儿孙们也忘记了

外婆走了，最终没有等到我和母亲赶回来
白色的孝衣覆盖了黎明
呼呼的冷风挤进了紧闭的门扉
吹痛了屋子里的每一个角落
唢呐响起，镜框里的外婆慈祥地笑着
让我想起那个用琴声牵着我走过童年的老太太

金黄的纸钱漫天飞舞
我多想像小时候一样我一喊外婆就会答应
我一哭，外婆就会为我弹琴歌唱

我一转身，就能在摇曳的日子里和她撞个满怀

可是外婆走了，她留下的老屋从此空空落落

乡村昏暗的日光里，四季依旧是那萧索的风景

2016 年 12 月 28 日

这个秋天，我想念一个苹果

这个秋天，我想念一个苹果
想念她饱满的清香和缠绵的蜜意
虽然说不出她的名字
我却拼命想在她芬芳的温情里燃烧
来途艰辛。我走了一村又一村
从遥远的平原来看你
终于在黄土高原灿烂的阳光里
眺望到了你颜色鲜亮的容颜
嗅着你迷人的果香
感受着秋风拂面的快乐
沉醉在我们相见恨晚的甘甜里
我的那些未喊出的诗句，被你一一击中
久久地回味着秋日里你的色彩和味道
默默地望着绿色崛起的新农村
细数着果农的美好幸福
我渴望自己能变成一只蝶

在你醇甜芳香的味道里翩翩起舞

伴岁月静好，让余生芬芳

2017 年 11 月 28 日

走在广汉的土地上

走在广汉的土地上
远望是起伏绵延的山峦
千年的鸭子河脉脉流淌
古色的廊桥沉默而安详
苍老的榕树与它两两相望

风牵动柳条翩翩起舞
青色的水底划过欢快的鱼儿
鸟儿在枝头欢闹
鹭鸶在牛背上漫步
我爱极了这小城的质朴

走在广汉的土地上
孩童在草地上玩耍嬉笑
老人在古城墙根咿呀打着拍子
我看见阳光在人们的脸上溢出安逸的笑颜

生活的内涵与真谛刹那间让我暖到心底

走在广汉的土地上
高楼一栋栋平地拔起
平整的大道四通八达
崭新的面貌蕴含崭新的憧憬
见证着这城市的崛起，我的心幸福无限

走在广汉的土地上
三星堆青铜器的绝美在博物馆珍藏
稻米的清香和瓜果的甜美四处流淌
民航人的骄傲与自豪声名远播
沉醉这城市独具一格的风韵
我看见陌生而又熟悉、美丽而又智慧的广汉人
正唱响着广汉品牌走向新时代更美好的未来

2018 年 10 月 12 日

第二辑　故土家园

今夜，借着月光的牵引打开自己
发现灵魂依然跟随在母亲的身后
留在了那个叫故土的地方

母亲是棵老槐树

母亲是棵老槐树，同老家一样老
她浓密的花朵，就像满天的繁星
风起的日子，浓郁的花香正好
覆盖整个老家和我们的睡眠
我们在槐树的眼里
是一群飞鸟
老家很少有飞翔的东西
是什么力量
使我们下定决心远离老家
是母亲，一株同老家一样老的槐树
她虬髯苍劲的枝丫
收尽了天地的光芒和雨水
感受着天空
我们隐藏的力气和心火全都改变了走向
再也不愿囿于一滴雨的世界
渴望抱住那倾盆大雨中的太阳

我们一个个飞离了老家

展开的双翅从此再也没有收拢

老家的老槐树也从此枝疏叶少

零星的花朵，就像失传的民谣

遗落在了昨天的空中

2003 年 4 月 26 日

大巴山的湾湾里

大巴山的湾湾里
清清的河水静静地流淌
阳光　暖暖地纯净安谧
仍是多年以前的阳光

纯朴的乡亲　生死如水
十个手指枯瘦如枯枝
唢呐的声音从历史深处传来……
长长的音调淌出千年的坎坷
浸润着一片片苍茫的瘦土

山里人都爱听这高亢的调
岁月的皱纹里
思绪在纵横的沟壑里奔跑
想象路在远方延伸

山里人都听得懂这深沉的调

泪水涟涟的缕缕情思中

背负着山里人祖祖辈辈的渴盼

渴盼一个五彩缤纷的春

渴盼一个甜蜜笃实的秋

渴盼山里妹子的嘴角挑着的笑

没有苦涩　只有喜悦

唢呐　含泪欢笑的声音

激动人心也折磨人生

唢呐　让人心颤的声音

一千次一万次地唱着历史

没有伴奏

只有灵魂起伏着不平的轨迹

飘荡成大巴山生生不息的河

2004 年 10 月 3 日

老 屋

流淌过周而复始的时光，演变成为古老的诗行
伴随日新月异的变化，牵引出沧桑的话题
繁衍生生不息的青苔，摇响着生命的风铃

走进老屋，落英缤纷成往事，将喧嚣隔世
残垣断壁附着水滴石穿，裸露风雨中的思想
走进老屋，古老的标识濡润着我的记忆
男男女女老老少少的出入都只是一种形式

老屋成了被人遗忘的风景
独自露宿于更迭的时代
老屋将会更新和辉煌都市的明天

2006 年 9 月 19 日

我的家园

凭借一条河流，一棵老槐，我识别家园
阳光总是温暖，月光总是陶醉两岸
年年的桃花，总是绽放唐诗的容颜
窗口尽量装点些鲜活的风景
那是对岸的心情，对岸的心情里
我在老槐下等我的爱人
相约黄昏漫步
然后，沿垂柳依依的河岸走向诗歌
走向白发暮年

鱼们静静游弋，白鹭飞来飞去
好雨从梦里下到梦外
醒来我总闻见栀子花香
总看见野鸭成群，我在小城自由呼吸
水鸟总在午夜梦游
我总在夜半枕着水声悄悄写诗

为着儿子的快乐成长
我总在迷恋中抒情，总在抒情中沉浸
在沉浸里把诗歌悄悄寄到远方

古老的民谣
总在年轻的风光里划江而来
我总在紫云英的梦里轻松穿行
为着那年轻的爱情
我总在依恋里梦幻
总在梦幻里记住这条河流和这棵老槐
一间不起眼的小屋
住着我、爱人和儿子
构成鸭子河畔我永远的家园

2009年6月18日

秋天深处

秋天深处

飘飞的红叶铺满了归家的路

干涸的河流执着地淌下了最后一滴泪

犁铧翻开的土地呈现岁月的沧桑

秋天深处

比刀更锋利的风，开始雕刻母亲的脸庞

比繁星更亮的眼，开始长满守望的青苔

比天空更深邃的心，开始找不到哭泣的理由

秋天深处

很少下雨

雁群的鸣叫暗示着某种变迁

频繁的秋风一如母亲牵挂的电话

一次掠过

就会深入骨髓让人隐隐作痛

秋天深处

很少有花开

漂泊在外的游子就是落光叶子的树

除了厚重的土地和那条长长的路

一无所有

秋天深处

当昏黄的灯光延伸着母亲的黑夜

把单薄的身影摇曳于缝缝补补的时光之间时

才发现勤劳善良而又慈祥的母亲

已经和河岸的树一般，一夜霜白

秋天深处

当寒流蓦然来袭时

才发现自己的双脚还裸露在秋天的深处

无论往前还是往后，往左还是往右

都是家的方向，都是那条长长的路……

秋天深处

当遥远的幸福荡漾起母亲不轻易外露的笑颜时

才发现许多的冬天

自己只为一双手工的棉鞋而温暖

2009 年 11 月 27 日

五月，风起的日子

五月，风起的日子
我总是想起一些往事
想起生命中那个最辉煌的时节
我圣洁的爱情和高贵的诗歌结伴而舞
五月，风起的日子
阳光灿烂而又真实
使我总是想起童年的芬芳
和那些精心抚育过我成长的村庄
那里清亮的鸟鸣不绝如缕
醉人的花香无边无际
古老的土地燃烧如火的祈祷
五月，风起的日子
我和我亲爱的兄弟姐妹和睦相处
我们在村庄前的千年古树下
亲切交谈
我们无拘无束

谈论羞涩的爱情、金色的诗歌

和那古老的农事

语言的光芒浸透瓣瓣殷红

饱尝过的热泪、悲伤

被五月的风轻掩残骸

想起这些

我总会感谢五月——风起的季节

赐给我幸福、欢乐和鲜活的希冀

因此我珍惜那段日子

如同珍惜我美如幼鹿的初恋

2010 年 5 月 26 日

今夜，我像月光一样打开自己

今夜，我像月光一样打开自己
可以倾听，可以仰望，还可以飞翔
在清辉乍泻的水边，我看到一只小兽洞开柴门
在宽大无边的天空下，我听到鸟从一根枝丫飞向另一根枝丫

打开自己，像月光一样打开自己
让走投无路的爱从喧嚣的城市翔回炊烟袅袅的故园
探取久违的清纯和真诚
让心中的风暴和躁动在母亲轻缓的《摇篮曲》中慢慢平息

打开自己，像月光一样打开心中的月光
回到月光淹没的高地
那些盛开的花开始在原野上奔跑
那场炽烈的燃烧也找到了幸福的灰烬

打开自己，像今夜的月光一样打开自己

让那些华美的唐诗宋词和清丽的洞箫笙歌完美而从容

让所有的河流都闪烁温情的体温

把那些梦中的图案、蝴蝶、飘落的白雪、飞鸟和鱼送到远方

打开自己，像今夜的月光一样打开自己心中的月光

月光会照亮所有的山水，也照彻我们飞翔的希冀

此去经年，月光不会变老变旧

我们的心地老天荒

2010年9月25日

老槐树

生长在老宅的后山上
起风的日子常常想起它
在浓雾中时常看见它
阳光普照的季节
我们天天爬到树上玩耍
聆听它清越的呼吸
这是一种美妙的享受
繁密闪烁的叶子
让我想起外婆
那许许多多的童话
这是一棵母性的槐树
朴素的芳香
吸引灿烂的鸟鸣
驱散我们空旷的孤寂
风穿越四季
在老槐树的庇护下

在那一簇青草地上

我也站成了树干

思想的头发

在空中含苞待放

同熟悉的老槐树一道

吮吸阳光

幸福无限

2010 年 10 月 8 日

黑夜里的月光

黑夜里的月光
白得像雪花，轻得像羽毛
落在湖面上，垂钓那古人的想念
潜入闺阁里，醉倒不眠的女子
水淋淋的夜晚，哀愁总是起伏波荡

黑夜里的月光
像原野上的野草蔓延，像山谷里的虫鸣飘散
无边无际，却还在向东向西向北向南地滋生
裸露成辽远无垠的梦
数不清的人和事就在这梦里进进出出，不着痕迹
却吱吱地疼

黑夜里的月光
夜夜绵延不绝
落在厚厚的泥土上

拔节成不尽的忧伤

谁曾踩到这无言的痛？

谁又曾想到那些遗失的月光正一茬茬地吐绿飘香？

2010年10月10日

朴素的村庄

多少年了，依然记得你
灰扑扑的瓦房，尖尖的檐角，钩住一年四季的风雨
歪歪斜斜的树木，与缠绕的牵牛花儿一阵阵疯长
从村头流过的小溪，清澈透明，装满晶莹的童话
露着原始靓色的田野，青灵灵顶出一片片嫩嫩的芨芨草

多少年了，依然会想起你
想起那些熟悉的鸡鸣、狗吠和蛙叫
想起袅袅升腾的炊烟摇曳无际的蔚蓝
想起离别时母亲的背影和嘱托
想起年迈的祖父靠在树脚下木讷抽烟的样子

多少年了，依然牵挂你
夜夜的梦里
总会看到你垄上开满紫云英的麦田
总能听到破牛车的吱嘎声、山羊的欢叫声

和那个疯女人敲着破碗的歌唱声
总会闻到你扬起的稻穗飘出种子的芬芳
这时，即使有泪，也是那样地温馨那样地舒坦

多少年了，我本来试图带走一切
可惜，我带走了生活的忧伤和旅途的劳累
却带不走童年的欢声和笑语
多少年了，我走得越远，越能感受到你存在的分量
我漂泊越久，越无法忘记你朴素的模样
我飞翔得越高，越想回到你宽阔的怀抱

多少年了，在遥远的城市，一想起你
总有泪水淹没双眼
总有甜甜的奶香在金澄澄的阳光下，小鹿一样奔跑
总有成群的野鸭戏水，白鹭飞翔
还总有萤虫舞蹈，栀子花开……

2010 年 11 月 1 日

芝麻花

把内心的渴望长成次第向上的花朵
腾跃太阳的舞姿
将攀登的信念绽放成奔跑的姿势
洋溢充沛的活力和激情
天天向上，勇往直前
就为能灿然地节节开花

芝麻花啊，你这始终奔跑不停的花朵
就是乡村野气十足、朝气蓬勃的孩子
沿着你开花的方向
一节节长高的是我们无忧的童年
循着你奔跑的路径
一天天灿烂的是我欣欣向荣的村庄

2011 年 3 月 10 日

麦熟也

麦熟也
身子纤细头顶金冠的女子
在纯然一色的波涛中摇摇摆摆
让人不能不为她的安全捏一把汗

麦熟也
农事一旺就亮丽了起来
金色的麦穗放射着灿烂的光芒
和特殊的思想
所有的庄稼顿时眼花缭乱

麦熟也
收割的弦乐四面响起
向远山远地弹拨着缕缕麦香
蟋蟀停止了吟唱　蚱蜢逃向了远方
等它们回过神来

已是来年的五月

麦熟也

放几粒在嘴里慢慢咀嚼

是对小麦漫长而又艰辛的一生

最深的理解　最地道的品尝

和最真切的怀念

2012年5月3日

槐树花

扎根乡间的泥土
摇响五月季节的铃铛
用丝丝缕缕清清淡淡的清香
芬芳着田园乡情
你是农家朴实的女人吗

清淡的花朵外秀内芳
开亮平淡的日子
将我诗意的心一次次串起
一串又一串花香的往事
又被谁精心采摘和收藏呢

香甜的花蜜
喂养着乡野的孩子
孕育着乡村的丰实
开满乡土乡音的槐花啊

有人说你其实就是村庄的娘

2012年5月23日

桂 花

黄色的花蕾从黎明到黄昏
诠释的全是望穿秋水的秘密
花开的声音
惊蛰了流亡的梦
流淌在我疼痛的心尖……

缓缓铺开那些发黄的典故
瞬间的沧桑
岁月在缄默里写满梦牵魂绕的誓言
湿漉漉的时光之外，爱情远在他乡

记得有人曾对我说过，在这个浮躁的年代
桂花是与他住得最近的邻居
固守一袭素衣裹紧的清瘦背影
那些婉约的故事
在黄花堆积的风中，炊烟般飘浮起落

在南方以南，穿越灵魂的马车

抵达至故乡的村口

我分明看见

农事每一次抬头仰望

桂花都会憔悴一朵

缘定三生的花期里

朵朵笑靥被深情灼烧成晶莹的碎片……

填满村庄与我一生的遐想

游走于贫血脆弱的文字间

我一次次用花香的记忆为疼痛疗伤……

2012 年 8 月 17 日

老农·庄稼

一

太阳如火如焰

老农不是夸父，但它足以令太阳无地自容

太阳在老农离开庄稼地之前落荒而逃

二

俯首黄土

庄稼拔节的声音质朴清脆

散发着老农的汗味和泥土的气息

三

沿着老农粗壮的骨节，庄稼们愉快地分蘖

一个劲地绿

老农在庄稼的瞳孔里悠然穿行

庄稼在老农的血汗里迅速生长

四

沿着老农的皱纹靠近庄稼

五谷合奏的声音朴素而生动

熟透的庄稼们期待着镰刀的寒光和老农那串熟稔的足音

幸福就从庄稼和镰刀的接触开始弥漫了整个秋天……

庄稼们很舒心很惬意地纷纷倾倒在阳光里

天空飘荡起沁人心脾的芬芳

五

老农累了，蹲在田埂上抽着旱烟

汗珠吧嗒吧嗒淌过岁月之河滋养原本缺乏盐分的黑土地

烟霭飘飘散散爬过皱纹

暗淡着花朵，朦胧着庄稼

模糊了牛犊的泪眼……

雁群横空掠过，落羽纷纷

六

扑通，一只青蛙跳入稻田
惊破了黑蜘蛛编织了整整一夏的酣梦
蝉们愁肠百结声嘶力竭想留住西下的夕阳

七

晚风悄悄蹚进庄稼地
黑夜开始在庄稼的肩上呼吸
目光与庄稼对视
蹉跎与无为让我羞愧
目光与庄稼对视，我找到了让我羞愧的根源
乐不可支的蛙们急急蹦跳奔走相告
泥土的花朵芳香四溢

八

沿着老农的皱纹靠近庄稼
我低头不语，任五谷敲打
我终于在这个秋天看清了自己的渺小

在老农的皱纹之间爬行，在老农的怀里歌吟

手握月光，我纯净如水

不染纤尘

像大地上与我并肩而立的庄稼

和面如土色一脸安详实实在在生活的老农

2014 年 1 月 20 日

红豆村的红豆树

在你沧桑的眼眸里
雪藏着一千多年的深情
在你遒劲的枝丫间
喧嚣着一千多年的激情
在你繁若星辰的花朵里
沸腾着一千多年的缠绵
在你圆润如玛瑙的种子里
沉淀着一千多年的相思

在你灵魂的深处
你那浓得化不开的绿
就是千年的思念酿出的蜜
香甜世世代代的恋人
你那灿烂满树的花
就是千年的情思凝成的诗
芬芳无边的月夜

你那完整绝美的种子

就是千年的感动化成的血色泪珠

柔曼一千多年的世纪心路

一千多年啊

滴水穿透了顽石

岁月漂白了记忆

却割不断你深入骨髓的柔情与思念

因为你是红豆

寄托成形的思念

因为你是红豆树

让我们根脉相连魂通梦绕

因为你是红豆村的红豆树

幸福我们的内心，丰盈我们的灵魂

因为你是红豆

涵盖生命的美丽，诠释思念的柔情

因为你是红豆村的红豆树

诗意相思和别离，温润友情和爱情

2014年8月8日

故乡的早晨

我听到清脆的鸟鸣和花开的声音
像是一个遥远的梦，有着五彩斑斓的颜色
跨越多雨的平原蜿蜒而来

当年、现在，故乡的景致其实并不曾改变
但我，带着远离故土的感受
又走过死亡的黑暗
让我对故乡的怀念便有了更多色彩的想象

我在荒芜的院子走了一圈又一圈
当风吹得树木发出嗦嗦的声响
我仿佛听到了地狱深处来自死神的召唤
我害怕死亡，尤其是无缘无故的死
想起比风死得还轻的外婆
我发不出声音，也没有发出任何声音的冲动

故乡如鸟，俯瞰着时间和绿了又黄黄了又绿的村庄：
那些颓圮的老屋、杂草丛生的土地
缄默的山坡、冰雪的身影和孤独的老人和孩子
它们勾勒出村庄朴素的容颜
并允许我就这样走来走去，用这样的无声
让我在这个早上想念那些离开了故乡的兄弟姊妹

2018 年 6 月 12 日

想念村庄

那年，栽种下最后一亩谷子

我就离开了村庄

从此，村庄、谷粒以及青春年华都成为

我失去方向后流泪的全部理由

流浪的日子

我常梦见稻谷的光芒

如浪似潮

滋生绿色的希望

喂饱　我们饥饿的日子

许多年后，我才知道

从村庄里唯一能带走的诚实和勤劳

为我的命运铺满了九月的阳光

每当乡亲们磨砺镰刀的声音潮水般涌来

我的感激就会在稻穗上经久不息地爆响

我知道我永远也收割不完村庄的恩典

宛如这一茬茬光芒闪烁的稻子

远方的村庄

我永远飘着稻香的村庄

在九月透明的阳光下想起你

我的心再次被掏空

我的泪再次如歌响起

2018年9月5日

第三辑　深情恋歌

情到深处，唯留长歌

爱到绝境，愿做鬼魅抑或逆贼

在梦的尽头

只想和你成为不老的海棠

恋

昨天，昨天……

像一片火红的杜鹃……

把我

执着的依恋

一次次燃遍洁白的信笺

轻轻地，轻轻地

将我柔情的烈焰

投入绿色的橄榄园

痴痴地，痴痴地

期待，期待

飞鸿的影迹在天空出现

无论，无论

不管，不管

遥远的你

给不给我热情的回应

我仍要，仍要

写　写　写

我的思恋

寄　寄　寄

我的诗篇

觅　觅　觅

你的身影……

1993 年 5 月 15 日

尘　缘

挂着风的黄昏
你驰出了我的视野

从此，所有的风景
便不再真实

你走了，只留给我
一个夏天匆匆的背影

我开始痴痴地企盼
飞鸿的影迹能在天空出现
仰视的眼布满了青苔

遥对依然岑寂的天空
我蓦然明白
不是所有的尘缘都有归宿

1994 年 2 月 15 日

在梦的尽头

沿你瘦长的笛音走进梦中
不知不觉已是来年的五月了
蓦然醒来
在梦的尽头
一生的草莓正在凋败
向我吐露了全部的悲怆与凄凉
……

今世无分
相识只不过是一场梦，已经碎了
一切都是那么意料之外
惹事的风啊，你为何要把憧憬撕成碎片
让我如水的情思
遭受五月暴雨的洗劫
脆弱的心灵啊
原本就难以承受过分的痛苦

流泪缝补受伤的诗句

我隐隐看见一张阴森的巨网

向一只白色的鸟张开

美丽得残酷的季节

石榴花正以滴血的姿容灿然怒放

如果可能，我

真愿意长眠于你瘦瘦的笛孔中

再也不还家……

1995 年 5 月 29 日

致 H. C

为你而写的情诗还未能寄出
你就在南国凄楚的雨中升天而去
有泪不轻弹的我
在悲伤的尽头没能抑制住悲伤
抱着你的照片
我哭痛了夜晚，哭痛了世纪

我们曾经手牵手在云彩里漫步
我们曾经拥抱着在诗歌里热吻
我们是灿烂春光里天造地设的一对
可你却这样绝情地丢下了我
世界从此恍惚孤独的凄冷
湿漉漉的梦境中我找不到依靠
凄厉柔白的诗意中我只能
拄着记忆的拐杖
独步艰辛……

多情的季节里我只有

把流泪的诗歌和花朵点燃

让青烟引我的灵魂升入天堂……

追恋你的灵魂

2003年2月21日

不老的海棠

海棠花开的时候
疯狂了所有的树
迷醉了所有的叶
爱，就是一次彻底的燃烧吗

火焰熄灭
爱情被遗弃在冰冷的尘泥中
被海棠击中的我
该如何走出这个失去贞洁的春天

奔跑在落红满天的梦里
我总是止不住突然流泪
逃不出海棠的咒语
果子，海棠的果子为谁而结

掀开尘封的诗行和磨灭的激情

我看见海棠的春天悄然飘进了一个筑了已久的巢

哀伤，哀伤，哀伤有什么用

愤怒，愤怒，愤怒有什么用

越过山冈，在一棵海棠树下站定

我看见熟透的海棠纷纷坠地……

牙齿咬破囚禁的围栏，咀嚼者笑眯眯吐出海棠的核

这时，一个苍老的声音在明媚的阳光里缓缓响起：

“爱情的种子，好吃！”

2009 年 6 月 12 日

你是我今世的桃花

是谁跟在一场雨后
把无叶的枝头烧红
让村庄在火海中沉沦
是谁在鸟鸣啁啾的三月
假以诗人的名义发布春意盎然的信息
招蜂引蝶
是你，我念念不忘的桃花
我用冗长或者短暂的一生
修来与你不期而遇的缘分

是谁在三月含羞的布谷声中
用柔情描绘小城的黎明和黄昏
迷醉赏花人如水的眸子
是谁在三月拔节的心事中
泄露了春天的秘密
让爱情落地生根

是你，我今世的桃花
一天一地的阳光里你粉色的笑颜如灼灼的火
在我心里漫山遍野地烧
我如一只蜜蜂，从远处赶来
殷勤地飞着
暖暖的风里我梦里梦外地醉

我该怎样跨过你这命定的水湄
借一艘宋朝的江南画舫，向你摆渡
并将那个多年来深藏于心的秘密，向你和盘托出
抑或乘周渔的火车，穿过时间的空洞，一路南下
赶在蝴蝶醒来之前
守在桃花坞的渡口，等你经过

临水而立，看春风又度
无数桃花开过来，花香触及骨头，时光柔软无比
原来桃花盛开，也能换来满眼温润
不要笑我衣袖渐宽，泪水涟涟
如果说，弱水三千，我只饮你的一瓢
这也是命中注定的劫数
我愿意借出生命，并用泪水弥补
只要能让我用春天所有的桃花

为你铺一条回家的路

如果岁月凋零，在一条小路的尽头

我只想握住你的手，安睡在这最后的一朵桃花里

从此夜夜的香梦里我将拥有整个的春天

2010年3月24日

栀子花

揣着四月雨季的心思

走进五月渐渐升温的情绪

用优雅的潜质和清纯的芬芳

率先打开季节的沉默

美丽的花瓣缱绻如梦的记忆

淡雅的幽香穿透爱的转世与轮回

站在风的罅隙里

我翘首张望

一任你日夜繁衍连绵不绝的相思

将我拦腰斩断

并且

灼化成泥

这个夏天

为了与你约会

我违背佛的指令独自盛开在了岁月的河畔

为此

我将受到生命凋残魂飞魄散的惩罚

但是我不后悔也不会流泪

因为

把深绵的痴情和如玉的灵魂

留给懂得爱的你

是我和长久的渴望

是我一生的心愿

2010 年 5 月 10 日

我用一辈子将你忘却

走出你的风景

所有的缠绵和痛苦便蜂拥而至

那些流失的时光异常醒目

可我明白：你的心已离我而去

未来的日子

我该怎样从你美丽忧伤的歌中走出伤痛和孤独

走出那缕褪色的爱的情愫

今夜，有月

月光知道，知道我的情怀

可我苍凉的目光却不能送你

因为我怕自己的心承受不起你背影的袭击

低下头，闭上泪水盈盈的双眸

我知道：今生注定不能拥有你

我只有用一生的精力慢慢将你忘却

2011 年 2 月 17 日

亲爱的，我等你

亲爱的，我等你
栽一片红色的玫瑰，站在春天的路口等你
等你穿越唐古拉山生命的禁区
等你蹚过那滔滔雪海
等你翻越那凛冽冰川
等你走过那荒野的苍凉和凄冷
等你战胜那世界屋脊的严酷与残暴
即使你衣衫褴褛
即使风霜遮盖了你真实的容颜
我坚信：我也能在人头攒动的人群中听到你的呼吸

亲爱的，我等你
春天的种子就算来不及在极地发芽
可它会拒绝在另一个爱的季节沉默
因为我已经把它种植在了我圣洁的心里
它一定会为你奉上那一缕缕独特的清香

亲爱的，我等你

等你找到一条抵达我梦中家园的通道

等你和我一起聆听记忆中的飞泉流瀑

等你同我一道采摘那盛夏深处芬芳迷人的鸟语花香

然后，我们再一起义无反顾扑向爱的怀抱

亲爱的，我等你

无论这种等待有多寂寞多漫长

无论这种等待是否能承受住冬夜突然来临的可怕雪崩

也无论这种等待会以什么样的形式走向明天

亲爱的，我都会等你

因为在我们的字典里，除了爱和温暖

还有生命的顽强骄傲和光荣陪伴左右

亲爱的，我等你，等着你完成使命

那时，我会像小鸟一样展翅飞翔

去赴你我许下的千年约定

亲爱的，我等你

我会站在春天的路口一直等你……

2012 年 4 月 8 日

我是你的歌

听到那首歌
不朽的忧郁便如同深深浅浅的箭矢
扎进我伤痕累累的心脏
殷红的血滴如雪中的梅花
摇曳凄美的色泽

一只纯洁孤独的鹿
宁愿以死亡的优美和悲壮
坚守世间最后的纯情
也绝不落泪

期盼自己是鬼或者逆贼
可以在你的梦中自由行走
可以在你的灵魂深处持刀尖叫
直到将你抓住

又或者渴望自己是一条蛇
一条有着梦幻般绚丽斑纹的蛇
用智慧和力量将你紧紧缠住

可是你却始终把我当成一首歌
一首净化心灵的经典名歌
反复倾听却无法攥在手里

其实真的好想牵你的手
在无垠的时空里与你同行
即便前路幽暗而又漫长

其实真的好想把你俘获
在温暖的春风里把执着的痴情推向绝美
即便触怒世间众神我也无所畏惧

2014 年 3 月 11 日

桃花·女人

今夜，我坐在三月的灯下
让那些存活于血脉的文字
在盎然的春意中，生根、发芽、开花
此刻，不写飘远的雪花，也不写沥沥的春雨
只写三月绚烂盛开的桃花
以及那个与桃花不期而遇的女人

三月的桃花，如灼灼的火绚艳在春风的眉上
跟随一地的胭脂，女人放轻了脚步，捂紧了咳嗽
结果还是惊飞了一树芳菲，被桃花击中

走出一个人的村庄
女人一路南下，和梦中的男人路遇
涉水越渡的紫衣染上杏黄的月光，粉白的桃花
在轮回的清新的春雨里
女人微微颤动，脸色绯红

文字透明如蝶

徜徉在花香四溢的桃园

女人的笑有时盛开

有时一瓣瓣飘落流水

像天空总是突然就流泪

女人总是止不住在黑夜的羽翼下舞蹈

女人终究逃不出桃花的咒语

桃花只顾尽情地开，绝不想成为我诗中的辞令

透过一支笔无法收藏的春天

今晚谁肯陪我在月光中摇曳

明天谁又愿意与我千山万水，采茶煮春碧

穿过时间的空洞，越过千仞山冈

在找到我的爱人前

谁还会懂得一肚子诗词歌赋的情操

桃花的三月，流水的三月，落花流水的三月

青春和爱情，来不及想象，就已经坠落

于是，我的情诗开始向着众多的泪水敞怀

我要告诉那个与一树桃花相遇的女人

告诉她，每朵桃花都有既定的情人

这一树不属于你，不如放弃

否则，你只能与这满树桃花一起寂寞凋败

零落成泥

2014 年 3 月 26 日

想你的感觉

在寂寞的山谷里
想你的感觉如兰
绽放绵绵不绝的幽香

在静默的丛林间
想你的感觉如水
流淌清越的鸟鸣

在喧嚣的都市里
想你的感觉如梦
美丽在灯火阑珊处

在荒芜的乡村里
想你的感觉如草
疯长的油绿使人陶醉

2015 年 9 月 22 日

棉　花

秋风之上
谁家女子的心事撑破了衣襟？
丰腴季节的身段

棉花不是花
却比所有的花诗意动人
绵长的丝绒，宛如女子细腻的心灵和肌肤

棉花不是花
却比所有的花开得洁白和纯情
让人总是情不自禁想起柔软的幸福和温情

棉花不是花
棉花是贴心温婉的女人
以千丝万缕的缠绵和柔情裹紧温暖

丝丝暖意和缕缕温柔，绕心三匝

被谁精心采摘和收藏？

谁又是我心深处那朵窈窕的棉？

2018 年 10 月 10 日

我沉醉于比金子更生机勃勃的色彩

夏与秋决裂的日子
我沉醉于比金子更生机勃勃的色彩
它圆润璀璨、纯粹干净
一如我们相爱相知的温柔私语
或是我们奔放浓烈的辽阔爱意

季节与季节告别的时刻
谁？还在三星堆的梦里种植思念的玫瑰
月光下，那通体鲜活的红呀就是情人的唇
吻尽心田孤独流溢的寒气
澎湃眼眸不灭的星火
燃烧风中那片最后飘落的枫叶

承受别离，关上灯。我的心更亮了
像一片开阔的旷野或者果园开满了花挂满了果
缤纷的花绚丽多姿，沉甸甸的果金黄香甜

将无数的花和果想成自己

又将无数个自己想成你

我不再隐忍心窗的泪

只想在渐渐慢下来的月光里再为你跳一支舞

2018 年 11 月 16 日

第四辑　心底流泉

秋日的正午

掬一捧清泉

过滤繁杂的情愫

酿一杯醇酒

只想与你共饮

秋日正午

在秋日的正午斜倚三星堆的老城墙
品味阳光的味道和日子的悠闲
这样的时刻是多么不容易啊
身旁是硕果累累的苹果树
在袅袅的风中轻轻摇动
草籽和菊花的清香弥漫在空气中
脚边的几只觅食的小鸟叽叽喳喳
拍着翅膀谱写人与自然的和谐韵章

该怎样描写和表达这样的时刻呢
在城市高楼林立的一隅
在生活仓促忙碌的间隙
在尘世纷纭浮华的背后
在三星堆老城墙的空地上
沐浴着秋日正午的阳光
悄然不觉中

我握紧的双手　打结的心灵

已骤然松开

2006年10月28日

蜜　蜂

花开的时节你来
世界变得香甜
虽然比不过燕子
轻盈动人
可你却在春天之上
采尽世间粉红黄白

每只都打开自己的胸怀
让亮丽的花朵
紧紧相贴
这四月的天空
录满你忙碌的音乐
翔越春天的高度
这蜂魂
这小巧玲珑的创造者
你飞来飞去

把什么

许给了季节

2008年4月11日

孩子，别哭

——献给“5·12”地震灾区的孩子们

孩子，别哭
虽然天崩地裂的五月
把你们温暖的家化为了废墟
把你们心爱的学校夷为了平地
但是，孩子
你看，中南海不灭的灯光正把希望点燃
孩子，请相信
我们一定会让坍塌的房屋和校舍重新站起

别哭，孩子
虽然淫雨咆哮的五月
让残垣断壁阻挡了六月鲜活的阳光
就连世界都被无情淹没
但是，孩子
这只是暂时的

因为无数的人

正用双手为你们捧来光明，送来温暖

孩子，别哭

虽然鲜血淋淋的五月

让手牵手的伙伴提前松开了你们曾经紧握的手

让慈爱的老师在大地的颤抖中离开了你们

但是，孩子，我们却相信

这段也许永远都无法抹去的记忆

会让你们从此知道坚毅和勇敢

这个初夏的寒冷

会让你们从此学会感恩和珍惜

别哭，孩子

在遥远的天堂，爸爸妈妈和老师

一定会感动着你们的坚强和勇气

一定会庇护着你们的欢乐和幸福

孩子，别哭

在没有忧愁的天国，你们亲爱的伙伴

正蹦跳着把歌声重新装满书包

再也震不垮的教室里

有玩具，有书本，有鲜花，有阳光

还有纯净的矿泉水和美味的蛋糕

孩子，别哭
我们的家园虽然破碎了
但是我们的心是完整的
我们的心灵虽然破碎了
但是我们的爱是完整的
爱，会把你们的伤口抚平
爱，会让阻断的河流重新奔流不息
爱，会让破碎的家园重新山清水秀
别哭，孩子
爱的力量和奇迹，可以让一切重新开始
直到光明和温暖把生命覆盖
直到含苞的花朵在雨后绚烂绽放

孩子，我们不哭
为我们已无可失去，我们不流泪
孩子，我们不流泪
为大地还在，蓝天还在，太阳还在，我们不哭
孩子，别哭。从现在起
你们可以选择牵任一位叔叔的手
你们也可以选择躺在任一位阿姨的怀抱里

从此，我们就是你们的爸爸你们的妈妈

孩子，别哭

来拉紧叔叔的手

别哭，孩子

来投进阿姨的怀抱

让我们的爱和着六月的阳光和芬芳

伴随你们自由地长高长大

直到有一天把 2008 年 5 月 12 日的阴霾

从心底一点一点抹掉

孩子，别哭！

我们绝不会让你们孤独地长大

孩子，别怕！

我们是一家人

我们一定要好好地活着！

我们一定要快乐地度过每一天！

2008 年 5 月 13 日

定格那样一种倒下的姿势

——献给“5·12”大地震遇难的老师

迄今没有见到过定格他们倒在废墟里的姿势的影像
也许根本就没有人为他们留下过那样一种倒下的影像
但是，我们依旧记住了那样一种倒下的姿势

“5·12”汶川大地震的第二天
绵竹市遵道镇欢欢幼儿园的废墟里
二十一岁的幼儿园老师瞿万容扑在地上
用后背牢牢挡住一块垮塌的水泥板
紧紧护住怀里的一个孩子
孩子呼吸平稳
年轻的女老师却因为头部和背部骨折
早已停止了呼吸

5月13日22时12分，震后第二天
绵竹市汉旺镇东汽中学的废墟下

年近五十岁的谭千秋老师

张开双臂死死趴在课桌上

用身躯死死地护着四个学生

他的后脑却被楼板砸得深深凹陷了下去

但四个学生都活了下来

5 月 14 日 7 时，震后第三天

崇州市怀远镇中学垮塌的教学楼下

四十五岁的吴忠洪老师

背部向上弓曲着，双手撑地

身下是两名死去的学生

5 月 14 日早上，震后第三天

什邡市龙居中心小学的废墟里

最年轻的女老师向丽

用同样的姿势努力护着三个孩子

而她的头却被砸下的重物削去一半

5 月 14 日 10 时，震后第三天

平武县南坝小学塌下的钢筋水泥的横梁下

四十八岁的代课女老师杜正香

趴在瓦砾里，头朝着门的方向

双手死死地各拉住一个孩子
胸前还护着三个孩子

在汶川垮塌的映秀镇小学教学楼的一角
我们也看到了这种姿势
二十九岁的男老师张米亚
跪扑在废墟上，双臂紧紧搂着两个孩子
孩子们都还活着
可爱唱歌的张老师却已经离我们而去
……

这就是我们的老师
在不同的地点，但几乎就同在那一瞬间
他们用同样的姿势
倒在了这个刚刚过去的美好春天

这就是我们的老师
在家园崩塌的那一刻
用自己的躯体扛住砸落的重物
为孩子们阻挡死神

这样一种倒下的姿势

定格了他们在生命的最后一瞬
尽管不能以影像的形式流传
却足以在人们心间永驻
这样一种倒下的姿势，不是死亡的姿势
是覆巢之下老鹰对雏鹰的庇护
是用自己的生命去庇护他人
是爱，是天底下最伟大的老师们特有的姿势

这样一种倒下的姿势，没有功利的考量
只有人性深处的本真，以及人类心中永不泯灭的爱
这样一种倒下的姿势啊
再巨大再无情的灾难，也摧毁不了它
这样一种倒下的姿势啊
足以战胜任何自然的伟力
为生命支撑起壮美的空间

2008 年 5 月 14 日

警察，请接受我们的感动和敬意

——献给“5·12”地震中参加救援的警察

泥巴裹满裤腿
汗水湿透衣背
鲜血浸红双手
余震威胁生命
也许，你的父母
还在灾区至今音信杳无
也许，你身怀六甲的妻子
正拥挤在逃生的人流中
也许，你的儿子
还被夹在垮塌教室的水泥立柱间
也许，你的爱人
已在废墟下失去了生命

然而，来不及抹去泪水
你们便开始与死神赛跑

在乱石横阻的断路上，你们磨破了双脚

在满目疮痍的废墟上，你们急切地搜索

一只只手扳开片片断壁，把温暖的阳光送来

一双双肩擎起块块残垣，把生命的希望撑开

钢筋虽韧，也没有警察的意志坚韧

楼板千斤，却难抵警察如山的责任

为被压的群众戴上头盔

脱下身上的雨衣为受伤的大妈披上

用嘶哑的嗓子为获救的女孩歌唱

用血流不止的双手为生命的奇迹鼓掌

穿过风雨雷电

拯救出一个个幸福的家庭

辛苦与劳累渐渐消弭

疲惫与疼痛逐一隐退

没有时间哭泣，没有时间流泪

为了更多的父母、妻子、儿子和亲人

舔舔干裂的嘴唇

再勒勒已经紧到头的裤腰

忍受着阵阵伤痛释放着的眩晕

满目的哀伤和渴求的呻吟中

你们颤抖的双腿
毅然又踏着抖动的大地向前，向前
匆忙的脚步声铿锵有力

可我知道
你们都是血肉之躯
你们都是家里顶天立地的依靠
待产的妻子需要悉心的呵护
恐惧的儿子渴望温暖的怀抱
年迈的父母期盼有力的搀扶
废墟下的爱人等待生命的救援
你们是痛苦不堪的伤者
你们却挺直身子
奋战在抗震救灾的洪流中
为更多的生命守护、警戒
穿行在生与死的边缘
让更多的同胞依偎依靠

你们不仅仅是儿子和父亲
你们还是警察，是战士
大爱是你们的品格
执着是你们的禀性

责任是你们的天职

庄严的警服和耀眼的警徽

穿在你们的身上

戴在你们的头顶

最靓

警察，我们将记住你们的名字

你们伟岸的身影已烙印在我们的心里

你们英勇的战斗已锲刻在中华大地

请接受我们的感动和敬意

2008年5月15日

在废墟上，我们点燃希望

2008年的5月，这个震颤的、残酷的五月
让美丽成了瘫痪的断墙、脱臼的钢筋
骨折的砖块和罹难的瓦片
2008年的5月，这个潮湿的、泣血的五月
让数万鲜活的生命骤然停止在黑暗的废墟
2008年的5月，这个黑色的、悲伤的五月
让我们幸福的家园瞬间面目全非，一片狼藉
我们的眼睛满是废墟、滚石、疮痍、血污和伤害
流泪的心啊，刻骨铭心的疼痛只有中心没有边界
咸湿的血的气息啊
一次又一次淹没染红我们猛烈抽搐的心
让那些关于地震、灾难、废墟、瓦砾、呻吟的伤痛
一生都无以安置……

我们呜咽、痛哭、惭愧、沉痛
无数次泻下苍凉的泪水

可是哦

我们美丽的家园

我们又如何能用泪水

唤醒

沉睡在废墟下的千千万万的父老乡亲

和那些可怜的孩子啊

因为突如其来的灾难

那些熟睡了的乡亲啊

他们把一些想说却来不及说的话

永远藏在了废墟下

他们把未耕作完的农事交还给了大地

他们把劳作一生的身体还给了天堂

而我们那些可怜的孩子啊

在灾难袭来的那一刻

面对轰然坍塌的教学楼

面对漆黑一片的世界

他们还来不及呼喊

来不及整理课桌上的书本

来不及放下手中的笔

来不及和老师说声再见

来不及找到一扇通向阳光的门……

就轻轻地走了

面对断垣残壁、血污、瓦砾和横着的遗体
我只想说
乡亲别哭！孩子别哭！四川别哭！
地震
可以摧毁我们的生命
粉碎我们的家园
却
震不垮我们不屈的精神
震不碎我们重建家园的信心
用泪水释放悲伤
放逐压在心底的阴霾
像清理废墟一样
与痛苦告别
重拾生活的勇气
我们把“5·12”以来的日子全面消毒
从临时搭建的帐篷活动板房出发
在众志成城的巨大力量里
我们搬走阻路的滚石
疏通淤塞的河流
拉直扭曲的道路和变形的桥梁
重建垮塌的校舍工厂和医院
在厄运中重组起生活的希望

把与瓦砾有关的记忆
深深埋藏
把瞬间失去的亲人和朋友
存留在悲痛的最深处
在祖国人民大爱无疆的温暖情怀里
我们用自己或明或暗的光亮
照彻乡亲和孩子们心上的伤口和痛
还原生命的丰盈和美丽
在晦暗悲伤的季节里重建劫后余生的心灵

残垣、灾难和伤痛只代表过去
负重自强　重建家园的勇气和使命
早已在“多难兴邦”的号角中点燃
在万众一心的倾情援助里
四川人雄起的禀性挺起天府的脊梁
四川人不屈不挠的信心点燃废墟上的希望
在临时安置点
我们过渡生活质量的断层
并学习一棵被压弯枝干的树
弓着腰，把疼痛忍在心里
却始终向上向上

卸下遍身的沉重和伤痛

从废墟的裂缝里挺起铮铮铁骨

我们用勤劳灵巧的双手把地震的裂缝细细缝补

我们用执着坚韧的双肩把天府之国的明天高高托起

在废墟上点燃希望

让阻断的河流重新奔流不息

让倒塌的房舍重新站立

让我们熟悉的村庄和大地重新长满庄稼和幸福

让我们储存童话和笑声的校园重新书声琅琅

让我们破碎的家园重新鸟语花香

让我们魅力的天府之国重新山清水秀

希望、信心、勇气和力量

可以让一切重新开始

直到光明和温暖把我们的伤口抚平

把我们的生命覆盖

在废墟上点燃希望吧

我们就是那传说中的美丽凤凰

涅槃之后的重生一定会比过去更加辉煌灿烂

2009 年 5 月 10 日

面对刑警

面对刑警
便有一种最纯粹的火焰燃烧我们，冶炼我们
在国徽和金盾的光芒下
刑警的名字
被镌刻在一本本厚重的案卷砌成的丰碑中
那些英勇无畏的英姿啊
随飞驰的警笛呼啸而出
粉碎了无数酝酿中的罪恶

面对刑警
便有一种最圣洁的情感浸润我们，覆盖我们
在日光和月光的时空里
刑警的身影
如刺破苍穹的山峰，充满阳刚之气
使我们瞻仰一生
那些可歌可泣的故事啊

随满腔的热血穿越黑夜

点燃了平安夜里明亮的灯

面对刑警

便有一种最纯正的精神深刻我们，镕铸我们

在盛夏酷暑的蒸烤和严冬霜雪的冰冻中

刑警的嗓音

如金属般清亮脆响

使我们平凡的日子一次次变得怦然心动

那些催人泪下的事迹啊

随无悔的青春走过四季

诠释了社会主义法治理念的深刻内涵

面对刑警

我们除了感恩，唯有一生铭记

2012 年 6 月 8 日

致《雨中的树》

——献给李林森和电影《雨中的树》

你是一棵树，一棵雨中的树
在长江与黄河之间生根
在现实与历史中成长
巴山教育你昂首屹立
你便矢志坚强不移
蜀水教育你坦荡磅礴
你便永远正直生活
一缕缕阳光　一颗颗露珠
赋予你美的心灵
炎炎烈日　茫茫霜雪
铸就你敢于担当的品格
在你的身上，我们感受着意志、力量和信念

你是一棵树，一棵雨中的树
在忠诚和激情中枝繁叶茂

在生命和轮回中不竭传唱

无数个白天黑夜里

你用铿锵的音符拨动琴弦报晓春天万紫千红的欢乐

无数次惊涛骇浪中

你用赤胆与忠诚诠释“以生命最后的燃烧，灵魂能走多远”的内涵

你是一棵树，一棵雨中的树

哪里有孩子的哭声

你便送上你满枝的果实，给他们欢乐

哪里有老人的呻吟

你便用你柔软的枝条把他们紧紧拥抱，给他们慰藉

哪里有疲惫的身影

你便伸出宽大的手臂把他们搀扶，给他们依靠

哪里有纷飞的雨雪

你便用你高大挺拔的身躯覆盖他们低矮的小屋，给他们温暖

你是老百姓的伞啊，你是老百姓的天

你为他们唱歌，你为他们抗击风沙

你为他们抵御雷火，你为他们开花结果

你是一棵树，一棵雨中的树

沐浴清新的空气、灿烂的阳光和自由的山风
你永远深爱着生你养你润泽你的土地
甚至这片土地上的每一棵小草、每一粒沙石
你是一棵树，一棵雨中的树
穿越巴山的雄风
你始终以平和的目光，注视蓝天
用沧桑与成熟在平凡中崛起

你是一棵树，一棵雨中的树
不怕艰险，不畏风雨
始终以平凡而独特的方式追逐绿色
始终以拔山盖世之姿，把一种超越和力量一路指引
翻越你走过的巍巍巴山
我看见你用党徽的光芒擦亮了蓝天白云
我看见你让年轻的村官筑起了朝阳的希望
我看见你让干部人才的原野绿意葱茏
我看见你让党旗下的天空繁星闪烁……

你是一棵树，一棵雨中的树
哪怕倒下了，也埋伏好圣洁的根
把辉煌与荣光，梦想和希望植入广袤的大地
你属于历史，也属于人民

面对你，我一个以诗立命的女人

也无力写出你的大美你的大气你的大爱啊

凋零的是我笔下的诗句

永恒的，是你阳世的灵魂

你是一棵树，一棵雨中的树

以简朴的公仆形象扎根在老百姓心中

看见你，我的泪水在这个秋天抵达

追寻你坚实的足迹，聆听种子落地的声音

翔跃鹰的高度，我看见

相你左右，跟你前后……

人们纷纷举起了缀满你体温的火炬

2012 年 9 月 26 日

在这个季节，怀念！

——献给那个牺牲在五月里的武警战士

静悄悄走进五月
浓郁的绿意伴着雨声湿透一瓣瓣殷红
想起去年的这个季节
结痂的心依然有泪水如海涨潮
依然有伤痛时时袭来

五月，阳光融融，芳草茵茵，花儿娇媚
想吟唱一首很清丽的小曲
来赞美夏日鲜活的芬芳
却见飘飞的花絮袭袭卷来
起舞成你曾经熟悉的身影
在眼前徘徊流连
沉痛的思恋便又一次络绎不绝
染红悲伤的双眼

去年的五月啊，你松开了我们温暖的手
让活着的我们从此在每年的这个季节
生长生离死别的悲痛与哀伤
一次次对自己说为了你未了的遗愿
我们一定要坚强
把那些黑暗的罪恶统统粉碎就是对你最好的怀念

那些镌刻着美丽温暖的往昔呵
还在重新生长希望的田野上跳跃
那就让我们含着泪开始新的奔跑吧
让灵魂的痴守结果成无花的无花果
让无尽的哀思飘远成五月缕缕的麦香
让和煦的阳光送来村庄片片宁静的蔚蓝
让清脆的鸽哨带给我们飞翔的勇气和力量
在这个季节，怀念
追随着你的精神
让我们从此走过最远的路去拥抱那最蓝的天

2013 年 5 月 15 日

守望高粱

熟透的高粱，如同饱满的女人
红红的高粱穗是女人羞答答的心思
几回回酣醉着男人的秋梦
轻轻摇曳的高粱叶是女人柔软的手
轻盈地划过，挠过
那种微微的痒，总是一次次让男人的双眉笑弯

守望高粱，就是守望一种美丽
守望高粱，其实就是男人守望自己的女人
那种来自山野的温馨总会在心底慢慢滋生
守望高粱，就是守望季节的渴望
守望高粱，其实就是守望生命的真爱
那种至真至纯的踏实和幸福，让人只望一眼
就迫不及待想把它紧紧拥抱

2015 年 11 月 11 日

窗棂上停留着一只蝴蝶

穿过花的诱惑
一只蝴蝶径直飞抵我的窗棂
色彩斑斓的翅膀轻盈而美丽
沉沉搅动我冰冷的血液

轻轻打开窗棂
我看见蝴蝶小小的眼睛
洋溢着如火的爱情
迅速占据着我的寂寥和苍白
握住阳光温暖的手
我决定从这个季节释放自己

多谢一只蝴蝶
在我的窗棂上
舒展生命的情节
让寂寥或者痛苦

吮吸幸福的养分

多谢一只蝴蝶

径直飞抵我的心窝

在发酵的往事里

对我说了一句话

便让我没有任何力量拒绝自己

多谢一只蝴蝶

让我学会了在阳光的花香里散步

2016 年 8 月 6 日

你像一团欲飞的火焰为我亮过

——致 qxf

你像一团欲飞的火焰
映红我青色的忧伤和苍白的诗歌
你火热的心肠带给我体温般的感动
眼角的冰霜开始化为热泪
厚重的夜色渐渐稀薄

那是我生命里最寒冷最黑暗的时刻
独行在一条弯弯曲曲不知深浅的盲道
寂寞无助、困惑迷茫把我紧紧包裹
磕磕绊绊地摸索中
你的光和热为我温暖了岁月
照亮了生活

你像一团欲飞的火焰为我亮过
你金色的光芒焚烧着季节的阴冷

道路的前方都闪着亮光
总是让我将要冰冷的心有地方取暖

然而，在我即将抵达黎明的时候
你却像萤火虫一样飞走了
所有的金色迅速从枝头撤离
大雪封住了所有的道路

天寒地冻的夜晚
遥想着你的光晕和光晕里灿烂的笑颜
我用石头敲出火来
温暖我最初的信仰

如今，我也像一团欲飞的火
为这个世界亮着
热热烈烈地亮着
红红火火地亮着……

2017年12月8日

第五辑　诗意芬芳

一路走来，爱过、痛过

从种子到果实，从青春到白发

心原来一直坐落在诗的怀里

脚一直行走在朝拜的路上

落　叶

在银白银白的秋风中
孑然归来
绿衣，不再有了
勃勃生机，不再有了
只留下清晰的叶脉
记载你饱经沧桑的凄凉
曾经在春风中绿过
曾经在阳光中花过
也曾经在暴风雨中骄傲歌唱过
如今，却带着斑斑虫迹
满身创伤
在秋风哀愁中低低哭泣

1993 年 12 月 14 日

红　鸟

我从未见过
这么红的鸟
火一般的羽毛，火一样的嘴唇
和火一样的眼睛
在暮色中　它像一团火
又仿佛从灵魂的幽谷归来
让我震颤，让我缅怀……
红火焰
将我所有的言辞
及这黑夜
迅速焚灭

站在它的美妙的羽翅下
我突然看到自己
正在缩小
连一滴水也无法容纳

天空快如极光地飞逝

从此你把我的忧伤带上天穹

跟随你翔越的目标

我看见春天鲜红如烈焰翻腾

1998 年 4 月 22 日

在异乡

一个人在异乡行走
风雨吹皱了皮肤
思想却一天比一天深刻

一个人唱起心中的歌谣
在无人的地方
把生锈的日子统统擦亮
一个人在喧嚣的市井学着写诗
常把热恋的诗行抱紧怀里
像抱住我孤独的黑夜和苦命的爱情

一个人学会沉默和隐忍
在别人的土地上是一件多么不容易的事
且用惯于迷蒙的眼睛看待
世俗波动变态的容颜

一个人在陌生的土地上活命真的很苦
却从不流泪
每至冬天　回到老家的灯下
才肯把内心的血泪点点滴落

一个人出了远门　成了孤儿
才会把思念的鸟放出笼子
才知故乡的天空有多么深邃迷人

2003年2月21日

稻　谷

从秋天的稻秆上跳下来
拥挤在父亲掌心的谷场
那种纯正如真理的光芒
照彻了父亲眼里坚定不渝的执着
回忆站立田野的岁月
想起蚱蜢般急急蹦跳的农事
想起农事里母亲弯腰荷锄的艰辛
从种子到果实
从青春到白发
母亲的一生就坐落在稻粒小小的心上
铭记着朴素而美丽的过程
谁也无法割裂或隐瞒
人类与稻谷的情感
千百年来
饱满而苦命的稻谷
含蓄而光辉的稻谷

早已成为人类生命的一部分

2006 年 9 月 25 日

面　具

在这个流行戴面具的季节
我看见各色各样的面具
像一片片光怪陆离硕大无比的叶子
铺天盖地向我涌来
覆盖日光和月光

叶子的背后
一张张脸美丑难辨
一双双眼亦幻亦真
一个个故事无从言说
高尚或者卑微

我曾自己戴着面具与世隔绝
在暗地里捂住伤口流血不止
如今久久地注视着天空下的一切
风轻轻　云淡淡

高大的建筑物倒卧着沉沉睡去
轻盈的蝴蝶翩翩起舞
并在每一片叶子上停留
我惊讶面具泛滥的季节会有如此和谐

辨不清叶子的正面和反面
它被人们被生活反复涂抹
整个的一生早已丑陋而朦胧
没有谁能读懂它背后的故事

2007 年 8 月 15 日

欢乐为谁

从东边望去
我们可以看见每天的太阳
染红远处郁郁葱葱的青山
并用她温暖的手指
敲打近处的田野

小学校就这样辉映在每天的太阳下
有许多的鸟儿
唱着感染生活的音乐
孩子　一届届地走了
许多更小的孩子又来了
播种时节的雨水甜润而充足

每个有太阳的黄昏
我们坐在校园的老槐树下
让凉凉的风吹拂面孔

冷的日子　和不冷的日子

就匆匆地向前去了

每天的太阳照耀着我们

眼角的泪水却晶莹闪亮

2010 年 5 月 28 日

闯入我房间的小鸟

夏日的午后，一只迷途的小鸟
误打误撞
飞入了我狭小的房间

它在有限的空间里盘旋
惊慌失措穿梭不停
上下翻飞苦苦挣扎

一次次徒劳无功地来回冲刺
反复固执地撞向透明紧闭的门窗
耗尽全力精疲力竭仍未冲出囚笼

我小心翼翼蹑手蹑脚
慢慢靠近勇猛无畏向往自由和飞翔的被囚者
缓缓走进它禁锢已久焦躁不安的心
深埋心底的不羁的火焰被瞬间点燃

奄奄一息头破血流的小鸟啊

在急速坠落无底的黑暗之前

终将与我一道

在风雨后的夏日午后的阳光里

划破天空的记忆

与天使一起飞翔

2012 年 7 月 27 日

落叶·女人

异乡的银杏开始飘飘扬扬
循着生活那片最后的叶子
我开始寻找失散多年的家园

我是这个世界最后一个流浪的女人
无论月圆月缺的夜晚
我的眼里总有泪珠越过村庄和旷野
无论是花开花落的季节
我的身上都会长满长长的伤口

许多的心事还来不及发表
却已深深铭刻在了岁月的铜墙上
即使动用整个秋季
我知道，我也丈量不出
一片叶子从春天走到秋天的距离

飘落是通往故乡的唯一路口吗

一片叶需要犹豫多久

才能将生命横卧于深池浅草的天涯

走遍都市的每一道伤痕

躲在金钱、鲜花和美酒的背后

我开始期待着秋天的漫长

心情一半忧伤一半微笑

回望着记忆中的家园

在星光闪动的寂寞无眠里

走向远方接受生命的考验是我唯一的选择

我知道，无论岁月充满着怎样冷清的风雪

只要春天还没有远离秋天

生命就这样注定漂泊

我就要穿过时空去寻找生命中那个最温暖的驿站

2015 年 3 月 13 日

这几年，我总是很早醒来

这几年，我总是很早很早醒来
用一台电脑、十个指头
敲摩温暖的触觉
端坐宽大的椅子里。空气是宁静的
我已习惯在此宁静中
用柔情解开内心的阴郁
让疲惫的脉搏被城市的体香紧拥

这几年，我总是很晚很晚才睡
用一台电脑、十个指头
存留那些刻骨铭心的记忆和旧日的秘密
停靠在这多雨的平原。夜是如此孤独
我已习惯在孤独中
思索。让意料之外的词句排着队，流水一样
淌过我的全身，我感觉自己那么干净
不问虚构自己的霓虹

不问风中摇摆的垂柳
我只想知道
那条被我一次次踩过的石板路
那片被我泪眼无数次凝望过的村庄
仍有多少当年的模样

这几年，我总是很早醒来很晚才睡
用一台电脑、十个指头
与诗结伴。选择在诗里种满白菊　丁香　鸢尾花
犹如潮湿的记忆只选择夏季
与文字同眠。选择在文字里放飞蝴蝶　青鸟　夜莺
犹如轰鸣的列车只朝着一个方向
无数凝思的清晨和夜晚
一条河，一条来自春天梦境的河
总是平静而迷人地流淌
迫不及待打开所有的栅栏
我看见透明圣洁的水开始穿过指缝直达心底
七彩馨香的缤纷中　有人还在熟睡
我一个以诗立命的女人
却再也无法收住那颗飞翔的心
翔越春天的高度
一个金色的梦，在我的唇上慢慢发芽

2018 年 3 月 3 日

我还能在这里待多久

我不知还能在这里待多久
我不知还有多少这样的日子
捧一杯黑咖啡，读一首旧诗
或者，悄然观察桌上的那盆含羞的水仙
找出光阴里日渐萎缩的幸福和静谧
有时，什么都不做，就站在窗前
看着校园里那足有四五层楼高的槐树
听听它们的叶子和花朵如何笑声呢喃
这时，我的心里就会不停地笑
知足的我乐得就像风里轻盈弹跳的麻雀

是的，我不知我还能在这里坐多久
我不知还有多少这样的日子
听听音乐，读读诗歌，看看旧戏
回忆着生命里那些重要或者不重要的事
想起那些帮助过我或者伤害过我的人

比如此刻，我会想起故乡金色的麦田、弯弯的小路
满山的瓜果、成群的牛羊，以及我生死如水的乡亲
那时，我的肚子正一天天大起来
小小的儿子不时地在我身体里拳打脚踢
那时，我不知道今天的我或者未来的我
会是如此孤单

现在是多雨的夏天
檐外的雨水咆哮着把季节冲洗
天渐渐暗下来
增加着我内心的固守和矜持
小心翼翼打开内心那些被冷藏的名字和隐秘
我开始以母亲的名义轻轻朗读，直到
泪眼迷蒙，直到天使飞来……

2018年7月11日

父亲的牛皮包

昨天是儿子十八岁的生日
我想起了父亲
想起了十八年前那个寒冷而又模糊的清晨
父亲从老家风尘仆仆而来
默默地塞给我和老公
一个沉甸甸的黑色牛皮包
里面是满满一沓沓的钱
那是我刚生完儿子从医院回到家的第二天
父亲顾不上喝水和吃饭
匆匆忙忙看了看熟睡中他的外孙
黑色的背影便消失在了凛冽的寒气中

后来，父亲又悄悄塞给我和老公几个这样的牛皮包
我清晰地记得
我就是用其中的一个牛皮包里的钱
买了我的第一台笔记本电脑

写出了几百万字的作品

我就是用其中的一个牛皮包里的钱

买了我们家的第一辆进口雅阁车

带着儿子驰骋四方走遍了半个中国

我就是用其中的一个牛皮包里的钱

买了带有小花园种满玫瑰花的小洋房……

但是，对于那些牛皮包

我轻易不会想起

我永远不会忘记的是父亲胃癌手术后

留给我的最后一个牛皮包

父亲身体一直不错，每次体检完

医生都说他的各项指标一点不像七十多岁的人

可胃癌，令我们所有人谈癌色变的胃癌

却在不经意间找上了父亲

在没有任何征兆的情况下

父亲被查出并被确诊为胃癌中晚期

手术后，父亲给我留了一个牛皮包和一封遗书

我是父亲唯一的女儿，从小离家在外读书

父亲常说：女儿就得富着养，小子就得穷着养

因此，我从一出生就一直过着养尊处优的生活

我的弟弟一直跟在父亲身边，却过得比我有节制

父亲是农民出身

却在那个年代干了许多不该是农民干的事

比如：开果品公司出口水果

组建工程队开山修路

并购破产转制的国有企业……

一桩桩一件件是许多农民想都不敢想的

父亲却都干成了，且干得有口皆碑

父亲一辈子要强，无论顺境逆境

不管是艰难困苦抑或成功辉煌

我都很难看见父亲涨潮的眼睛

就连爷爷去世、奶奶离世

甚至在生不如死的手术和放化疗的一年多时间里

父亲始终是那样严肃而坚强

即使双脚因放化疗连站立行走都困难

旁人也很难看出他正饱受病痛折磨

在那他留给我的最后的牛皮包和遗书上

我却看到了父亲的波涛汹涌

父亲说他自知余生不长，将所有私房钱留于我

当儿子吹灭生日蜡烛许过愿后

我把父亲给我的最后一个牛皮包给了儿子

并给儿子赠言：男人是男人的一个方向

儿子回复我：外公是男人，父亲也是男人

但外公不是我的方向

父亲也不是我的方向

儿子这话，够男人

我不知道很多年以后

当我们都不在人世间的时候

儿子会不会偶尔想到他的外公我的父亲

以及那父亲留给我的我又赠予他的牛皮手包

2019 年 1 月 1 日

〈诗评之一〉

打量敏子的一批诗歌文本

李　雳

放在我眼前的是一批即将成为诗集的诗歌文本，作者是敏子，这是一位我已经二十多年不曾晤面的诗人。

她的这些诗歌文本，也像蜜蜂采蜜一样累积了二十多年。这么大跨度的一批文本，很难用三言两语说得清。本文将在诗人所处的时空背景下，剖析与呈现这一批文本的一些特征。

先来说说敏子创作这批诗歌的时空背景。

众所周知，二十世纪七十年代末期八十年代初期，伴随着改革开放的勃兴，中国的思想文化界也获得了空前的解放。在文学界，伤痕文学、反思文学、寻根文学、改革文学……乱花迷眼。在诗坛，那更是热火朝天。继写朦胧诗的北岛、舒婷、江河、杨炼等所谓第二代诗人之后，1986 年，徐敬亚在《深圳青年报》和《诗歌报》搞的现代诗歌群体大展，把第三代人推向了前台，于是乎，各种主义，各种流派，令人目不暇接。这时涌现的诗人越来越多，简直不胜枚举。比如欧阳江河、李亚伟、廖亦武、陈东东、陆忆敏、伊蕾、翟永明、唐亚平、于坚、韩东、肖开愚……这样的名字可能排出几百人来。

与热闹的先锋诗歌、实验诗歌、探索诗歌平行的是，这一时期的大众化通俗诗歌也在年轻人的笔记本中流传，比如席慕容、汪国真。这些诗歌具有更大的读者数量。当然，在评论界，它们得到的关注并不多，也不被认为有太高的纯粹诗歌的价值。

到了二十世纪八十年代末期，随着海子、戈麦的自杀，骆一禾的病逝，中国的诗歌热潮来到了一个转折点。随后，不少诗人开始搁笔，另谋出路。但是，直到二十世纪九十年代，这股热潮一直没有消失。到了二十一世纪，随着互联网的兴起，各路诗歌作者通过网络平台，仍然在大量地发表作品。

很显然，到了今天，虽然仍有不少诗人在坚持创作，但是，无论是热度还是质量，相对于二十世纪八九十年代，都已经处于一种疲软状态。唯一令人欣慰的是，诗坛虽然沉寂，但一些创作者已经静下心来，少了许多浮躁，一些诗歌变得更纯粹、更富有哲学意味。而敏子无论诗潮如何流动，始终坚持创作，这在诗歌华丽的社会学意义上的外衣被褪去的时代，是难能可贵的。

我之所以要对自二十世纪八十年代到现在的诗歌状况做

一个简要的回顾，是因为敏子就是在这个背景下创作的。她不可避免地受到这个时代的影响。事实上，她的作品也留下了这个时代的烙印，这个时代的诸多诗歌创作方法也被其运用，甚至诸多意象也在诗歌中反复出现。以《秋天深处》为例，以下这些句子，既让人眼前一亮，又给人以熟悉的味道："秋天深处/比刀更锋利的风，开始雕刻母亲的脸庞/比繁星更亮的眼，开始长满守望的青苔/比天空更深邃的心，开始找不到哭泣的理由/秋天深处/很少下雨/雁群的鸣叫暗示着某种变迁/频繁的秋风一如母亲牵挂的电话/一次掠过/就会深入骨髓让人隐隐作痛。"这些诗句，如果对二十世纪八十年代以来的诗歌刊物有所阅读和研究的话，是可以读出一些熟悉的味道来的。毫无疑问，敏子对这一时期的诗歌是有着比较深入的研读和领会。从她的诗歌中可以找出朦胧诗人和第三代诗人的影子来。不仅仅以上所举的《秋天深处》如此，像《这个秋天，我想念一个苹果》《想念村庄》《你是我今世的桃花》《稻谷》等，都可以感受和体味到诗歌的现代性。

再来具体谈谈敏子诗歌的一些基本特征。

敏子的诗歌，沿袭了诗言志的传统。当然，何为"志"，这一直是一个模糊的各自理解不同的概念。恰恰是汉语的这种模糊性，给人以太多想象的空间。敏子诗中呈现的志，大致有以下几种：爱情、亲情、乡土情愫、历史情怀、某些特定的政治情感以及其他的细微而特殊的情绪。以爱情诗为例，这些作品出现在第三辑“深情恋歌”里。从时间顺序来看，诗人创作越到后期，其诗歌文本中表达感情的浓度越是深挚。这说明诗人并没有因为市场经济的勃兴而变得浮躁。相反，随着人生阅历的增长，“志”的积淀更加深厚、更加浓烈。这从作品《恋》到《在梦的尽头》再到《桃花·女人》，一直到《我沉醉于比金子更生机勃勃的色彩》，从单纯青涩，再到成熟绚烂，读者可以大致体味到诗人的人生轨迹和心路历程，可以感受到女性意识的逐步萌发和觉醒。

敏子的诗歌意象，是纷繁多姿的，体现出了一个诗人多层次的立体的情感情绪。以诗歌《今夜，我像月光一样打开自己》为例，且看以下的诗句：“打开自己，像今夜的月光一样打开自己/让那些华美的唐诗宋词和清丽的洞箫笙歌完美而从容/让所有的河流都闪烁温情的体温/把那些梦中的图案、蝴蝶、飘落的白雪、飞鸟和鱼送到远方。”

这些以月光、唐诗宋词、洞箫笙歌、河流、梦中的图案、蝴蝶、白雪、飞鸟等意象构成的诗人的内心世界是多姿多彩的。如果读者没有一定的现代美学修养，要进入诗人营造的“神话”，可能有一定的难度。但是，如果对弗洛伊德的本我、自我、超我的相关理论有所了解的话，不难对这些意象做出解读。这些意象有本我的冲动，亦有自我的清醒，更有超我的管制。而这三者的冲突、妥协，也可以体现在缤纷的美学意象中。而这些诗歌意象本身，作为一种罗兰·巴特所称的神话符号，则既有现代性，也有传统元素，充分展示了诗歌表达的丰富性。

在表达方式上，敏子诗歌呈现出多元的色彩，传统与现代两只手在交替出现。自二十世纪八十年代初期以来，诗坛即发生了传统诗歌与现代诗歌的抵牾。但随着二十世纪九十年代的相对平静，以及二十一世纪后互联网的兴起，诗歌回归到其本来应有的位置。各种流派不再那么互相排斥，而是逐渐走向了融合。这从后来的汉语诗歌的民间写作与知识分子写作所争论的内容可以分辨。表达手法的分歧已经不再是主要分歧，而写作立场和视角则成为争论的中心内容。敏子的诗歌既有传统汉语诗歌中比赋兴一类的手法，比如第四辑《心底流泉》中的大部分诗歌，如《孩子，别哭——献给“5·12”地震灾区的孩子们》《在废墟上，我们点燃希望》，排比句式和大量的抒情语言，同传统诗歌一脉相承。但另一些诗歌，则体现了传统手法和现代手法的糅合。比如一些关于爱情和乡土情怀的诗歌。且看下面的诗句：“沿着老农粗壮的骨节，庄稼们愉快地分蘖/一个劲地绿/老农在庄稼的瞳孔里悠然穿行/庄稼在老农的血汗里迅速生长。”

这些意象如长短镜头和蒙太奇一样交替呈现，呈现出强烈的对比，给人以视觉的冲击和穿透。在现代艺术中，这是一种常用的方法。这一类的创作手法，在敏子的诗歌文本中得到了大量的运用，从有限的能指语言符号，丰富了语言符号所指的意蕴，诗歌从而更富有张力。

限于时间和篇幅，本文仅简单地剖析了敏子诗歌的一些特点。敏子诗歌的美学意义和特征，还有待读者仔细品味。而如何创作出更有深度的诗歌，如何揭示人的丰富内心世界，找到通往广阔内心的各种可能性，是诗人的责任和追求。敏子一直坚持着。尽管很多人已经离场。从时间轨迹来看，她提供的诗歌文本的质量是在逐步上升的。因此，我们有理由为其鼓掌，并有理由报以期待。

李霁：本名李大荣。诗人、作家，现为深圳某企业董事长

〈诗评之二〉

我所认识的敏子

杨轻抒

一篇文章，放在书的开篇叫序，放在末尾叫跋。敏子说你给我写个后记。我说后记是你的事情，关我什么事。她说那就写个后言嘛——听这话我很想踹她一脚。

当然，这只是个暗地里的想法，以她的性格，我要真纠正她，她不挖苦死我我就烧高香了，还敢踹她？

在我通常的意识里，就没把敏子太当个女人，当然，我也不能拿她当哥们儿，主要是不敢——不敢公然得罪。反正在这件事上我一直比较茫然。

敏子好像不太有传统女人的性格，比如温婉，比如文静——当然，我不是说她男性化。这是我个人的看法。可能不对。

敏子打电话，啪嗒啪嗒宛如滔滔江水，那就是一台语言的流水线，你根本插不上嘴。五分钟能说明白的事情她能重三八道绕来绕去绕上一两个小时，斗牛一样拉都拉不住。她不管你是在厕所还是在公交车上，不管你是不是在跟人说事或者洗澡洗了一半，你一接电话，她就开始了。当然，你不接她的电话也不行，她会一直打，一直打到你接听为止。有时候忍无可忍，急了，直接叫她闭嘴。她不干，还挖苦说，咋了嘛，是不是觉得自己像个领导，不耐烦，听不得我们这些群众的声音了？我是个耿直人，从来不说假话，我说点真话你就听不进去了……

然后继续呱呱呱，呱呱呱。

我们平时想起一个人，眼前浮现的是这个人的音容笑貌，我不一样，想到敏子，我感觉耳朵边扑过来几百只鸭子。

幸好我还是一个比较合格的倾听者，就听她在电话那边呱呱呱，呱呱呱，反正她自说自话，不想听你就把手机扔一边，上个厕所，吃个夜宵，写篇短文章，一切搞定了，拿起电话，她还在那边呱呱呱。

说自己是一个比较合格的倾听者也不全是，因为我不敢挂她的电话——你要挂了她的电话，她保准会锲而不舍地打过来，打过来就没一句好听的，句句都是调侃。

敏子说话就没一句正经，全是挖苦嘲笑口气，浑身长刺的模样，像一只大刺猬，老远就浑身充满了张力。我觉得这可以从心理学角度去探讨。但她不承认。

她这样的人也一脸温柔端坐桌前写诗？

跟敏子在什么时间什么地点因为什么事认识的，记不得了（这虽然是实话——我这人一向记不住过去的事情，尤其是细节——但这的确又是一句要挨半天骂的话），但是大致情况应该是，那个全民写诗的年代，我们刚好十八九岁，难免不被卷进去淘洗一番。虽然我很快幡然醒悟，知道自己不是那块料，但应该就是那个年代相识的。这一晃就是三十年。

这三十年，我知道敏子一直在写诗。我佩服她的锲而不舍，就像佩服她的事业心一样。三十年间，有相当一段时间我们联系其实不多，我只是有意无意地关注着她。我知道她大致的人生经历，我觉得贯穿在这三十年间的，是她那种干一行爱一行，并且至少在我们看来，她是真心爱着她的每一份工作，容不得别人半点置疑的执着。当然，她打心里是不是这样想的，说实话，我也拿不准。

一个人如果真的对自己的职业或工作迷恋到过分的地步，倘若这不是一种癖，其实也是好事。在这个问题上，我姑且相信她的境界。

不相信也没用，反正她也不会承认我正确。

但是如果说敏子是一个固执得近乎傻气的人，那又错了，敏子是个极聪明的人，虽然她从事着固定的职业，但是我觉得她更适合商业，据传闻她早年曾经干过企业经过商，而且干得很不错。我觉得她适合经商，主要是缘于她的聪明，在经商这个问题上，她的聪明——可能应该叫精明——

在我看来，没有几个人能够比肩。她的精明在于她坚信自己能够做好，而且执行能力特强，而且必须保持的人缘、关系一直保持得很好，所以我有时候觉得她是个半夜睡着了都有六丁六甲护着，头上冒着红光的天才。

她的聪明或者精明，掩盖在看似“耿直”的言语之下，表面看起来她说话张牙舞爪，八方伤人，但是在这个表象的背后，是绝对清醒的头脑和冷静的判断以及准确的拿捏。这不是一般人所能及的。

我一直觉得把敏子扔在任何一个朝代、任何一个国家，她都会活得如鱼得水。她有这种能力。

敏子是诗人，写诗的人，诗人归文人的范畴。我所接触的文人，身上或多或少都带着某种特质，比如思考问题的方式，比如理想主义，比如唯美意识，但对敏子而言，她身上完全没有这些东西。我知道从职业的角度出发，她写文章算是倚马可待，且质量高，切合需求，但她毕竟还是在写诗，但为什么诗人的东西在她身上就半点迹象都找不到呢？

敏子是一个不服输的人，到哪儿都要争个胜，最简单的例子，坐一起喝茶，聊个天，就听她呱呱呱，你要发表不同意见，今天你走不了路——幸好有时候我也不想跟她争论。

读敏子的诗不多，这本诗集里的诗我读了，但不会去评论，因为序言肯定要在这方面重点着墨。当然，可能更主要的是我压根儿就没觉得她是个诗人，就没拿她当个诗人，在我看来，她就不是干这事儿的人。她更像一个可以随时打个电话就一起下酒馆扯乱弹一脸俗气的兄弟——对不起，好像前面说过我不能拿她当男人看——没有人崇拜兄弟的。我们不谈诗歌——应该是我不跟她谈诗歌——这当然因为我外行，但还有一层意思，我不敢对她的诗乱提意见。别人听意见，是兼听则明，是有则改之无则加勉——至少要假装出三分谦逊样；在她这儿，我要对她的诗胡乱点评，等于打开潘多拉魔盒——她要怼得我生不如死。

说这些，当然不是讽刺，不是挖苦，也不是借机发泄我的不满，是我越来越搞不懂敏子到底是哪样的人了。虽然她不需要我搞懂，我也没必要搞懂，只是相交三十年，我觉得自己搞不懂一个人，还是挺失败的，有挫败感。

我当然也不是打击她，其实这三十年来，她对我虽然极尽嬉笑怒骂之能事，但是她没有想伤害我，没有把我当敌人，没有故意给我挖坑，而且有事她要打电话对着我呱呱呱，而且偶尔我也要怼她。在这个问题上我要感谢她。比起我们熟知的历史上常见的一些人，我觉得敏子很光明。而且我相信假如有一天，她有机会在背后踹我一脚，她会想想要不要把脚收回去。一句话，敏子这样的兄弟（又提到“兄弟”一词，阿弥陀佛），让人挺放心的。

杨轻抒：著名小小说家

后　记

敏　子

真正与文学结缘，是源于十四岁那年的一次获奖。

当时我读高一，刚从西师大毕业的年轻帅气的比我大不了几岁的袁新永老师成了我的语文教师兼班主任，在一次课堂摸底作文后，他将我的作文《让生命之树长青》推荐给了《中学语文》杂志，不想两三个月后，一份烫金的获奖证书和散发油墨香气的《中学语文》杂志寄到了学校，一下子我成了学校的焦点，大家都知道我的作文《让生命之树长青》得了全国“华英杯”征文大赛一等奖……

从此，文学就像一粒种子被种植进了我心深处，为了能让它尽快破土发芽，我开始拼命汲取文学花园里充沛的阳光、雨露，徜徉于芬芳的方块文字之间，游走在一本本充满温馨、爱意和美好憧憬的文学经典书籍里，我就像一个饥饿的乞丐见到面包，又好似一只孤独的逃脱了禁锢的狼，终于回归到了属于它的大森林、大自然。以至于我的眼里、心里、脑海里、梦里每天只有文字，只有那些关于文字、关于文学的喜怒哀愁；高中三年的日子里，我的七情六欲就这样被文学和那些跟文学有关的书籍占据和滋养。最终的结果是，我的文学的种子终于萌芽生根，长出了片片嫩叶，可我却与理想中的大学失之交臂。然而，我却从未为此后悔过。

因为，在后来不短不长的几十年里，在那些饱经磨砺的岁月里，尤其是在那些漂泊异乡、无助迷茫的日子里，正是那一行行或长或短的文字为我挡住了孤独、寂寞和寒冷，让我的生命变得充实而温暖、绚丽而多彩。如今想来，在经历了那些异常困苦的磨难之后，自己依然能在内心的深处保持那一份宠辱不惊的淡定与从容，在浮躁和功利的现实中实现灵魂的栖居，皆因我与文字、文学结下的不解之缘。

诗歌是我多文体写作中最不擅长的一种写作方式，而且在流浪漂泊的七年多的日子里，自己几乎中断了对诗歌的写作，但是对于此次出集，我却是慎重而严肃的。现在，摆在读者面前的这本薄薄的诗集，就是由多年来刊发在各刊物杂志上的部分诗歌选编汇集而成；就是自己在学习、工作之余，在那些困顿痛苦抑或快乐幸福的日子里，随心随性时断时续写下的对世界、生命、亲情、友情、爱情和乡情的体验和思索。虽然稚嫩甚至有些肤浅，但它却见证了我的成长，陪伴我走过了人生最珍贵的时光。我非常期待能在未来的岁月里，三年或者五年内，自己能有更快的成长与进步，会有更厚重、更有力量、更有深度的诗集呈现给大家。

在此，要特别感谢耄耋之年的蓝幽老师百忙中为诗集作序。因为此前与蓝老师有近十六年没有见面了，加之自己仅仅是诗歌百花园里一株小得不能再小的默默无闻的小草，却能得到蓝老师悉心的指点，真的十分感动！

文学是桥梁，诗歌是缘分！诗歌让我在进入大学的第一天就认识了李雳那样擅长诗文的优秀学长，也是诗歌让我在流浪到广汉的第一年就认识了诸如杨轻抒、李言等这样名气不小却异常低调义气的哥儿们，感谢他们在百忙中为我的习作撰写评论、感想或赐予我指点和帮助。

在我三十多年断断续续的写作中，我每一次的进步，都离不开曲近、马青山、牛放、张人士、陈立基、马萧萧、赵宏兴、喻子涵等前辈和兄长的关心和指导。尤其值得一提的是，二十五年前，当叛逆的我步履蹒跚、行色匆匆地流浪到广汉这座号称“小香港”的陌生城市时，是文化局的肖先进局长和文化馆的李成元馆长收留了无家可归的我，文化馆的廖继荣老师还在《蜀风》第一期上选编了我的第一篇小小说《因为丑》，并把稿费亲自送到了我的手上，稿费虽然不多，但那一刻却让身无分文的我再次有了回家的感觉和欲哭的冲动……从此，我就隐隐觉得我注定要因为文学、因为诗歌终老一生。

文人或者说诗人都是比较敏感的群体，对社会、生活、自然和生命总是有些所谓的先知先觉吧。而更多的时候，我却是把写作或者说写诗当成是自我愉悦、自我宣泄、自我释放或者说自我充实的一种途径抑或方式。正是这种途径和方式，让我无论身处何种恶劣的环境，无论面对多大的压力困难，都始终能够做到泰然处之、从容应对。

在文学与诗歌的路上，我虽然已摸爬滚打了三十余年，也刊发了不少的豆腐块，但是我清楚地知道，自己始终只是一个初学者，一个诗歌路上虔诚的朝拜者。我所写下的文字，或许连诗都称不上，距离真正的好诗那就更遥不可及了。但这并不影响我对诗歌、对写作的挚爱，因为它已成为一种生活方式或者说是生命的形式融入了我的血液和细胞，滋养、鞭策、温润着我更加执着地朝前走！

感谢文学，感谢诗歌，感谢无私的爱与关怀！诗歌和文学将永远照亮我的心！照亮我们前行的路！